著 Y・A
八男って、それはないでしょう!
21

「お館様、では、秋津洲殿を代官に、細川殿を副代官とし、細川殿に実務を任せたらいかがでしょう？」
秋津洲高臣
細川藤孝
「それがいいかも」
秋津洲さんは治癒魔法使いとして多くの支持者がいるし、
この島で一番の名族だからな。
一番上にいるだけで、反抗的な人は大分減るか。
口の悪い人は神輿だって言うかもしれないけど……。
ヴェンデリン

いくら優秀な魔法使いでも、ルルはまだ五歳だ。
戦場には連れて行けない。
先日の戦いで伊達政宗代理を
務めた藤子は、降伏すると妙に
俺に懐いてしまった。
「ふふふっ、ルルはまだお子様だからな。
ここは、次の伊達政宗である俺がお館様をお助けするのだ」
ルル
伊達藤子

上杉謙信
織田信長
武田信玄
「外からの侵略者がなんだ？
我は、おチビと戦好きを倒してお前に戦を挑む！
この島を統一し、バウマイスター伯爵領とやらを併合し、
ヘルムート王国、アーカート神聖帝国、魔族の国をも
平らげて世界の王となるのだ！」
この世界の信長も、気宇壮大であった。

CONTENTS

八男って、それはないでしょう！㉑

第一話　俺は、戦国時代っぽい島で統一を目指す

『なるほど。では、お館様が一刻も早く島を統一せねばなりますまい』

「やっぱり？」

『一旦手を出してしまった以上は、です。手を出さなければまた別の方法もあったのですが……』

「……」


子供の頃、捨て犬を見つけたことがあった。

とても可愛い子犬だったが、両親に飼っていいか尋ねると『ちゃんと最後まで面倒を見られたらな』と言われてしまった。

『拾うのはいいが、ちゃんと最後まで面倒を見なければ、すぐ保健所に連れていく』とも言われ、決断できなかった俺は、結局子犬を飼わなかった。

今にして思えば、俺はちょっと考えすぎな石橋を叩いて渡るタイプの人間だったのであろう。

そんな俺が珍しく、南方探索で見つけたアキツシマ島という島の内乱に手を出してしまった。

導師もノリノリで参加し……彼はあくまでも陛下の代理人だから気楽なものだ。

詳細な事情を聞いたら、島内は五十を超える領主たちによって分割され、小競り合いも多い場所との話であった。

陛下としては、遥か遠方にある統治が面倒そうな島はいらないのであろう。

元々アキツシマ島はバウマイスター伯爵領とされた海域にあり、王国との事前の約束どおり見事に押しつけられてしまった。

王国としてはこの島の南を探索し、そこで他の無人島や、あわよくば大陸でも見つけた方が得だと考えたのであろう。

こうして、戦乱の島が俺に押しつけられたわけだ。

ただ戦乱とはいっても、ルール無用で敵は皆殺しとまではいっていないようだ。

秋津洲（アキツシマ）軍と七条（シチジョウ）軍は、戦う前に己の考えを主張していたくらいなのだから。

これがもし問答無用状態なら、一人でも多くの軍勢を集めて敵の領地に雪崩（なだ）れ込んでいたであろう。

その辺にはまだ救いがあるというわけか。

『なにか、産物を交易できれば御の字であろう』

陛下から、魔導携帯通信機越しにそう言われてしまった。

彼は現在、ヘルムート王国の国王として魔族の国への対応で忙しいから、そんな中途半端な島はいらないというわけだ。

続けて魔導携帯通信機でローデリヒに相談すると、俺が島を統一するようにと言われてしまった。

俺が領主でローデリヒが家宰のはずなのに、なぜか俺が命令されているような……。

バウマイスター伯爵領は、ローデリヒがいないと回らないから仕方がないか。

それでも、ルルたちが住んでいた島を探索する冒険者グループの手配、あの島を冒険者の拠点とすべく村の測量や建設を行う人員の手配は済んだそうなので、さすがはローデリヒというわけだ。

「とはいえ、先は長いよなぁ……この島の広さを考えると……」

かつて島を統治していた名族最後の生き残り秋津洲高臣（タカオミ）。

男みたいな名前だけど、見た目は巫女（みこ）美少女であった。

年齢は十七歳で、細身だけど結構スタイルもいい。

名族の直系最後の一人にして、治癒魔法の名手でもあり、領地は小さいが善政を敷いているようで領民たちからは慕われていた。

まあ悪政を行うおっさんよりは、善政を敷く美少女の方が人気があって当然だ。

俺も後者を支持するであろう。

もしおっさんが善政を敷いていたとすれば……やはり美少女の方か……。

悪政を行う美少女と、善政を敷くおっさん。

これは悩むかもしれない。

現実なら、悩まず善政を敷くおっさんだけど。

話を戻すが、この島の名族は当主になると決められた者が代々の『当主名』を名乗る。

だから、当主が女でも男みたいな名前になるわけだ。

ミズホとは、少しシステムが違うようだ。

なので秋津洲さんには幼名というか以前の名前がちゃんとある。涼子（リョウコ）というらしい。

だから、細川（ホソカワ）さんはお涼様と呼んでいたわけだ。

秋津洲さんを補佐している細川藤孝（フジタカ）さんも、本名は別にあるようだ。

俺たちには教えてくれなかったけど。

細川家は、代々筆頭家老として秋津洲家を支えてきたらしい。

共に両親を失い、直系の子供が女子一人だけとなっても、二人は小さな領地を懸命に守ってきた。

『お館様、島の統治体制の確認をお願いします』

「確認？」

『左様です。このまま島の領主たちを降したとして、どうアキツシマ島とやらを統治していくのか？　その確認が必要だと言っております』

さすがはローデリヒ、俺よりも貴族としての才能に満ち溢れているな。

彼が領主で俺が筆頭お抱え魔法使いなら、それはそれでとても上手くいっていたような気がする。

「俺がトップだよね？」

『勿論それはそうなのですが、あまり前面に出てしまうと島の住民たちから不満が出るかもしれません。なにしろ、一万年以上も鎖国していたのと同じなのですから』

異民族の、それも若造に支配されるのが嫌という理由でちょくちょく騒動を起こされると、それをいちいち鎮圧しないといけなくなるから、統治コストが格段に跳ね上がってしまう。

バウマイスター伯爵領本領の開発を担うローデリヒとしては、そこにあまり時間と労力を割かれたくないのだろう。

これは、王家に押しつけられるわけだ。

『バウマイスター伯爵領は常に伸張を続けており、王都には嫉妬に近い感情を抱く者たちも多いのです。陛下がこの島を押しつけたのは、お館様への温情とも取れますね』

そういう考え方もあるのか。

王都を根城にするその手の連中からしたら、南方の未開の島なんてお荷物って考えなのであろう。

どちらにしても俺は王国に仕える身なので、陛下の命令どおりこの島を平定しなければ。

それで、島の統治体制の確認に戻るが……。

「誰か代官を立てろと？」

『それが一番無難ですね』

代官が矢面に立った方が、この島の住民たちも従いやすいか。

勿論、島外の人間では駄目で、この島の者でないといけない。

現時点で、統一したアキツシマ島全体の代官職が務まりそうな人物。

俺の視線は、ある女性へと向かう。

「私は駄目ですよ」

俺が候補に選んだのは、秋津洲領の統治を担っている細川藤孝さんであった。

彼女なら、能力面から見ても十分に務まると思う。

なにしろ、今まで秋津洲領を実質統治してきたのだから。

「お涼様を差し置いて、そのような大役は受けられません」

細川家は代々秋津洲家の家臣であり、ここまで秋津洲家が縮小しても忠実に仕えているのだから、主君を差しおいて代官職を受けるはずがないか。

「でも、秋津洲さんはお忙しいんでしょう？」

普段の秋津洲さんは、治癒魔法を用いた領民たちへの治療で忙しいそうだ。

領外からも患者が多数押しかけ、御所は多くの人たちで混雑しているらしい。

領地での実務は細川さんが代行しているが、秋津洲さんもこの地域では一定以上の影響力があった。

残念ながら、統治者にはまったく向いていないらしいが。

「雪、あなたの秋津洲家への忠誠は嬉しいのですが、血筋ばかりで力なき私が代官になっても島が混乱するだけです。遠慮しないで引き受けてください」

俺たちには教えてくれなかったが、細川さんの本当の名は雪というようだ。

クール系美少女なので、雪という名はよく似合っていると思う。

「遠慮などしておりません！　私はお涼様の家臣で十分に満足しているのです」

細川さんは、秋津洲さんから随分と信頼されているようだ。

秋津洲さんも、島が平和になるのなら自分が支配しなくてもいいと言えてしまうところが、器の大きい人と思えた。

彼女は今さら自分が前に出ても、ろくな結果にならないと思っているのであろう。

『では、アキツシマ殿を代官に、細川殿を副代官とし、細川殿に実務を任せたらいかがでしょう？』

「それがいいかも」

秋津洲さんは治癒魔法使いとして多くの支持者がいるし、この島で一番の名族だからな。

一番上にいるだけで、反抗的な人は大分減るか。

口の悪い人は神輿だって言うかもしれないけど……。

「細川さんは、どう思う？」

「お涼様はお優しすぎるので、統治の仕事には向かないのです。普段は治癒魔法使いとして、御所で治療にあたっていただきます。これは昔からのことですが」

優しいというのは、統治者としては必ずしも褒め言葉じゃないからな。

それでも秋津洲家が小領主として生き残れているのは、代々続く治癒魔法使いとしての能力のおかげだそうだ。

「魔法使いとしての能力が遺伝しているのか。凄いな」

「ですが、代を経るごとに能力は落ちております」

前にアーネストが、古代魔法文明時代に存在した人工魔法使いについて話してくれた。

この島の名族連中は、間違いなく先祖がそうだったのであろう。

随分と長い間遺伝が続いていたようだが、それもこの島の閉鎖性が原因かもしれない。

他にも原因はあるかもしれないけど。

だが、その閉鎖性をもってしても、代を経るごとに魔法使いとしての実力が落ちているわけだ。

「そうみたいだな。我々の基準でいえば、アキツシマ殿の魔力量は中級のど真ん中ってところだ」

ブランタークさんは、彼女の魔法使いとしての実力を中級でしかないと分析した。

治癒魔法使いは貴重だが、エリーゼに比べるとかなり実力は落ちる。

もしかすると、俺より劣るかもしれない。

「カネナカも、中級の真ん中がいいところである」

「外の世界には、もの凄い魔法使いがいっぱいいるのだな」

俺に敗れて家臣になった七条兼仲も、中級レベルの魔法使いでしかない。

導師にそう指摘され、彼は外の世界にいる魔法使いの実力に驚いていた。

「とはいえ、まだ鍛えられる部分もあるのである」

導師が、まるで獲物を見つけた狼(おおかみ)のように兼仲を見つめ始める。

どうやら暇潰(ひまつぶ)し……じゃなかった、見どころがあると思い彼を鍛えようとしているのであろう。

「あの……お館様？」

呆気(あっけ)なく俺に敗れてしまったとはいえ、兼仲は実力者である。

相手の力量を見抜く目はあり、超がつく実力者である導師に目をつけられて恐怖を感じたようだ。

主君である俺に助けを求め縋(すが)ってくる。

「兼仲」

「はい、なんでしょうか？」

「俺は数年間、導師から指導を受けたんだ」

「ボクもだよ」

俺の隣にいるルイーゼもそうだと聞き、兼仲の顔色はさらに悪くなった。

彼はルイーゼも実力者だと見抜いており、俺とそんな彼女に指導ができる導師という存在と、彼から弟子に指名されたことに恐怖を感じたようだ。

「俺とルイーゼが逃げられなかったんだ」

「君には、絶対に無理」

「というわけなので、俺は兼仲がもっと強くなってくれることに期待しているから」

「大丈夫、多分、死なないから」

俺とルイーゼに肩を叩かれた兼仲は、顔面が一気に蒼白(そうはく)となった。

「ここはバウマイスター伯爵の領地である！　某は開発等に手を出せぬし、カネナカもこの分野で役に立たないのである！　さあ、楽しい修行の時間である！」

「お館様ぁ――――！」

兼仲は、導師に連れていかれた。

導師に引きずられた兼仲の声が次第に小さくなっていくが、これも彼がもっと強くなるため。

俺とルイーゼは、心を鬼にして満面の笑顔で彼を見送った。

なぜなら、導師が兼仲に集中している間は俺とルイーゼは安全だからだ。

「先生、私たちはいいのですか？」

「あのな、アグネス」

「はい」

「人には向き不向きがあるのさ。それは個性のようなものだから、向いていないことが決して悪いわけじゃない。魔力を用いた格闘戦闘は、彼らやルイーゼに任せよう」

俺は信じている。

兼仲が、これから始まる統一戦争において先陣として大いに活躍してくれることを。

というか、俺の家臣たちは本領の開発や仕事で忙しいんだ。

なるべく現地でリクルートしていかないと。

「兼仲殿は昔からずっとああなので、統治にはまったく役に立たないのですよ」

「細川さん、じゃあ誰が七条領の統治を？」

「あそこは、分家の名主たちが優秀なのです。当主である兼仲殿は近隣では最強の魔法闘士です。

小競り合いの時に顔を出せば、ほぼ有利な条件で講和が結べますから」

七条兼仲。

とても領民たちに慕われ腕っ節も強かったが、残念ながらかなりの脳筋であった。

＊　＊　＊

「ルル、こういう風にするんだよ」

「はい」

「アグネスは、広げた道に石畳を敷いてくれ」

「はい」

「ベッティは、荒れ地を急ぎ開墾だ」

「任せてください」

「シンディは、どうだ？」

「用水路の掘削は順調です」


探索で見つけたアキツシマ島を統一することになったが、それには余所者でしかない俺が領民たちに認められることが必須だった。そのためには、税を集めるよりも先に、与えることが重要となる。

というわけで、まずは領地の把握と、忠誠心を芽生えさせるための施しを行うこととなった。

まるで戦国シミュレーションゲームだな。

施しといっても、金や食料をばら撒くわけじゃない。

ちょうどため池の底を塞いでいた黒硬石を砕き、豊富な地下水が得られるようになったので、用水路を広げ、今まで水不足で耕せなかった土地を開墾し、街道の整備を行う。

古来より、公共工事は現地住民からの支持を得るのに有効な方法であった。

「秋津洲領は七条領を事実上併合し、領地はほぼ倍に、人口も合計で千二百五十七名となりました」

アキツシマ島を統一するにあたって、形式上は代官である秋津洲家が全島を統一して統治することになった。

その上に、バウマイスター伯爵家がいるというわけだ。

「細川さん」

「お館様、私のことは雪と呼んでください」

初めは本当の名を教えてくれなかった細川さんであったが、領内の大規模開発が始まると随分と好意的になってくれた。

当主名でなく、本当の名前で呼んでくれというのだから。

「いいのか?」

「はい。是非そうしてください。私は、秋津洲領の統治をお涼様から託された身でしたが、結局私では、お涼様に安寧の日々を与えられませんでした……」

秋津洲さんと細川さんが家督を継いだ時点で、すでに秋津洲領は衰退が激しかったそうだ。

それを、秋津洲さんの治癒魔法と細川さんの統治能力で、どうにか七条家に対抗可能な状態にまで維持していた。

「あの争いで兼仲殿が先陣で力を発揮していたら、我々は不利な講和を結ぶしかありませんでした」

細川さんは武芸にも優れているそうだが、魔法使いである兼仲には勝てない。

同程度の魔力量を持つ秋津洲さんも治癒魔法使いであり、確かに勝ち目はなかったかもしれない。

「その兼仲殿をお館様は圧倒されました。私は感謝しているのです」

クール系美少女に感謝される。

悪い気はしないな。

「痛ぇ！」

「お館様。どうかされましたか？」

「なんでもない……」

鼻の下を伸ばしたとでも思われたのか？

俺は、隣にいたルイーゼから尻をつねられてしまった。

「ヴェル、可愛い女の子に好かれてよかったね。探索すると女の子が増えるって、ヴェルは凄いなぁ」

それを俺に言われても……。

元々ルイーゼは、アグネスたちを認めている。

だから探索に同行してもなにも言わなかった。

だが、今も魔法を教えながら傍に置いているルルと、美少女巫女秋津洲さん、そして雪。

ルルは幼いから違うかもしれないが、他の二人には思うところがあるのかもしれない。

いや、俺はもう嫁を増やしたくないのだが……。

「ええと……。ところで秋津洲領ってどのくらいの広さなのかな？」

「これが地図です」

とにかく話題を切り替えないと……。

俺は、雪にこの島の勢力図について聞いてみた。

「狭いね……」

俺たちは北からこの島を訪ねたわけだから、秋津洲領と旧七条領は島の最北端にあたる。

これからは南の敵勢力にだけ注意すればいいから、まだマシなのかもしれない。

「この島の人口は、約四十万人です」

四十万分の千二百五十七。

辛うじて、〇・三パーセント以上は押さえているわけか。

押さえている、と自慢できるような数字ではないな……。

「兼仲だけじゃなく、旧七条領の領民たちが素直に降ってくれてよかった」

おかげで犠牲者はゼロだった。

死人が出ると禍根を残すことになるので、それはよかったと思う。

「お館様が兼仲殿を圧倒したからでしょう。すぐに開発を始めたのもよかったです」

旧七条領は、秋津洲領に併合された形となった。

兼仲は秋津洲家の家臣となったのだが、元々彼は領内の統治を名主たちに丸投げしている。

さほど状況に変化があったわけでもなく、兼仲も武官に専念できると喜んだ。

彼に統治の仕事はまったく向いていないから、みんなが幸せになったわけだ。

「これで人口が増えても、食料のあてができました」

この島は、黒硬石の塊の上に人が住んでいるようなものであった。

そのため、島の中心部にある巨大な湖周辺以外は、基本的に水が不足している。

農業生産に限界があるというわけだ。

なぜか地下水は豊富なので、昔は優秀な魔法使いが岩盤を魔法で砕いて井戸を掘った。

ところが、現在の魔法使いにはそれはできない。

黒硬石という強固な岩石を砕かないと地下の水脈に届かず、それを砕くには強大な魔力が必要であったからだ。

井戸や池には長い年月の間に枯れる場所もあって、みんな水不足に脅威を感じていたのだ。

そのため、各家や領内中に雨水を溜めるため池やタンクが置かれていた。

「水田も増やせそうです」

「雪は、やっぱり米があった方がいいのか？」

「はい！　我らは昔からお米が好きなのです！」

とても元気な声で答える雪。

とはいえ、この島の現状を考えるとそれほど沢山の米は作れない。

主食は雑穀、麦、サツマイモの原種に近いイモが大半で、米はなかなか食べられない高級品だぞうだ。

「大昔のご先祖様は毎食お米を食べていたそうです。現在のこの島では難しい話なのですが……」

「島の中央には湖があるんだよな？」

「はい。ビワ湖というのですが、ここの水利と豊富な漁業資源、ビワ湖から流れるいくつかの河川を利用した水運をすべて握る三好（ミヨシ）家は、この島における一番の大領主です」

さらにその三好家の当主は、代々三好長慶（ナガヨシ）を名乗っているそうだ。

一族や家臣も多く、彼はこの島で事実上の『天下人』と呼ばれているらしい。

湖の名がビワ湖なのも含めて、俺は心の中で乾いた笑みを浮かべた。

「米ならミズホの連中は毎日食べているな。俺も一日一食か二食は」

「凄い！　北に逃れた同朋は、楽園に住んでいるのですね！」

「それなりに苦労はあったみたいだよ」

ミズホは、帝国との戦争で多大な犠牲を払って独立を保ったからな。

帝国の方も散々だったみたいだけど。

「北方にあるから冬は寒いしね。ここは寒くないのがいい」

南方だから冬も暖かい。むしろ暑い日が多いくらいか。

標高が高い場所が多いので朝晩が寒い地域もあって、常夏からは少し離れているという感じであった。

「水さえあれば、上手くやれば稲作が年に二回できるか？　開墾と田んぼの拡張はアグネスたちにお願いして、土の土壌改良を魔法で行えば初年度からそこそこ米が採れるか」

押さえた土地を開発しながら統治し、徐々に秋津洲家の当主が代官を務めるバウマイスター伯爵領を増やしていく必要があるな。

ただし、あまり大勢を助っ人には呼べない。

敵対勢力が『秋津洲家は他民族に島を売り渡した！』と宣伝しかねないからだ。

そこで、少数でも戦力になる助っ人を呼ぶことにする。


「それで私たち？」

「俺とハルカは、ヴェルの護衛だな」

イーナ、エル、ハルカは個人でも十分に強いので、俺の護衛役に。

「古（いにしえ）に別れた同朋ですか。昔の歴史書には記載されていましたが、本当に実在していたとは……」

特にハルカは、同朋である秋津洲さん、雪、兼仲の存在に驚いていた。

「瑞穂一族は発展を遂げたようですね。我が秋津洲家は、不甲斐（ふがい）なくて忸怩（じくじ）たる思いです」

瑞穂家と秋津洲家、共に大昔は一、二を争う名族だったそうだ。

それが、片方が他民族にも負けない力を独自に持ったのに、自分たちは完全に力を落としてしまった。

秋津洲さんは先祖に申し訳がないと思ったのか、表情を暗くしてしまう。

「お涼様の責任ではありません！　秋津洲家は元は神官の出です。政治には不向きな家系ですから仕方がありません！」

雪の説明によると、秋津洲家にあまり優秀な政治家はいないらしい。

代々、当主や一族が使える治癒魔法を駆使し、領民たちを治療することで慕われる。

政治の実務は、細川家ほか、いくつかの名族で分担していたそうだ。

元から秋津洲家は、君臨すれど統治はせずという状態だったわけだ。

「なら、ちゃんと秋津洲家を上に据えればいいのに。三好家だっけ？」

「五代前の秋津洲家の当主は、残忍な性格で有名でした。治癒魔法の練習と称して領民を斬り、死なせてしまうと『間違えて斬り殺してしまった。次はもっと浅く斬ろう』で済ませたそうです」

諫（いさ）めた四代前の三好家の当主が無礼討ちにされ、それに激怒した三好家が徐々に秋津洲家の領地や利権を奪っていき、今に至るというわけだ。

「先祖の罪が祟（たた）ったのか。秋津洲さんに罪はないし、むしろ治癒魔法で領民たちから好かれているのにね」

三好長慶は優秀な人物だそうだが、もうお爺（じい）さんだそうだ。

ならば、美少女巫女である秋津洲さんの方が人気が出ても仕方がないか。

とはいえ、今の秋津洲家は北方でわずかな領地を持つのみ。

中央の三好家に対抗するのは難しい。

先祖の恨みもあって、向こうも簡単には言うことを聞かないであろう。

「事情はおよそこんな感じなので、今は押さえた領地を開発して力を蓄える必要があるのです」

元々、この島の領主で大量の常備兵を整えられる者は少ない。

今のうちに開発を進めて収穫を増やし、次の戦いに備えて食料を備蓄した方がいい。

秋津洲領と接しているか、近い領主は零細ばかりで農民を徴兵しないと軍勢を整えられないと聞く。

向こうが逸(はや)って攻めてきても、俺、ブランタークさん、導師、ルイーゼ、イーナ、エル、ハルカ、エリーゼたちもいるから過剰戦力であろう。

＊　＊　＊

「その心意気やよしである！」

「負けぬぞぉ――――！」

「まだまだである！」

いい領主様だけど、頭の中身は残念（領民たち談）な兼仲は、導師から特訓を受けていた。

魔力の伸びはほぼ期待できないが、彼はこの北方で一、二を争う猛将という評価を受けていた。

彼が金で雇われるフリーの専従武官になったのだ。

さすがに攻めてくるアホな領主はいないと思う。

「それにしても、エリーゼ様は凄いですね。私よりも遥かに優れた治癒魔法使いではないですか」

秋津洲さんは、自分よりも圧倒的に実力があるエリーゼに素直に感心していた。

「救われる方が増えるのはいいことです」

秋津洲さんは、とてもいい子であった。

残念ながら領主として向いていないことは明白であったが、エリーゼに嫉妬しないで怪我(けが)や病気を治せる人数が増えたと心から喜べるのだから。

「なぜ、雪が秋津洲さんを支えるのかわかったな」

「お涼様は素晴らしいお方です。ですが、こんな世の中ではその優しさが仇となることもあります」

彼女を守るため、雪は自分が汚れ役になると覚悟しているのだろう。

「俺は、雪も優しいと思うけどな。雪の能力なら、三好家あたりでも出世できたのでは？」

「三好家で働く私は想像できませんでしたから、発想力がないのでしょう。それでは、三好家での出世は難しいですね。秋津洲家の筆頭家老で私は満足しております」

照れてそう言っていたが、雪は心から秋津洲さんが好きなのだと思う。

「昨日までは色々と大変でしたが、お館様のおかげで少し余裕ができました。ありがとうございます」

「へえ、ヴェルはホソカワさんをユキって名前で呼ぶのね？」

「せっ、戦友だから……一緒に兼仲と戦ったのさ」

俺が勝手に兼仲を倒してしまっただけだが、そう言って誤魔化しておく。

物語でも、戦場で生死を共にした仲間を名前で呼ぶようになる場面がよくあるじゃないか。

「あれは、俺がお館様に倒されただけ……」

「あ――――っ！　色々と大変だったな！　雪？」

「そうですね、兼仲殿は北方でも名の知れた猛将だったので」

雪も、すぐに状況を察して俺のフォローに回ってくれた。

さすがは、この島の実質的な代官職を任せられるだけの逸材である。

「そうなんだ。私は、またヴェルに奥さんが増えるのかと思ったわ」

「それは……ねえ？　雪」

「私如きがあり得ない話です（もし機会があれば……むしろその機会が多いので、大いに期待できる？）」

「ホソカワさん？」

「いいえ、なんでもありません！」

雪は、なにをブツブツと独り言を言っていたのであろうか？


「先生、今日も予定よりも十パーセント増しの進捗率です」

アグネスたちも魔法の特訓になるからと、街道整備や田畑や用水路の造成を続けていた。

ルルを連れて、魔法の訓練がてら頑張っている。

「シンディとベッティは？」

「シンディは、用水路を広げに行きました。ベッティは、ルイーゼさんと井戸掘りです」

用水路を掘るくらいなら、黒硬石の層の上にある普通の岩や土を掘るだけだ。

なので、魔法使いならさほどの難事でもない。

ところが井戸を掘るとなると、必ず十メートル以上もある黒硬石の層を打ち砕かないといけないのだ。

これができる導師は兼仲の訓練に忙しく、俺も領主として色々と忙しい。

そこで、ルイーゼがアグネスたちに岩盤を魔法で打ち砕く方法を伝授していた。

あの三人は上級なので、多少日数がかかるにしても黒硬石を打ち砕けるからだ。

一度に大量の魔力を使うので、魔力を増やす鍛錬にもなる。

「えらいことに首を突っ込んでしまったが、王国は魔族との交渉でなにも動きがないからなぁ……」

やはり腐れ縁なので参加しているブランタークさんは、ヘルムート王国と魔族の国との交渉がまるで進んでいない事実に呆れ顔だ。

もし交渉に進展があったら、俺に出番があるかもしれないのでアキツシマ島ばかりに構っていられない。

ところが、向こうはまるで音沙汰なしである。

双方に自由貿易が始まると損をする人物や団体があり、そこが手を変え品を変え妨害しているらしい。

王国側は魔道具ギルドが露骨に圧力をかけているから、あのユーバシャール外務卿だと厳しいだろう。

暫くはこちらの問題に専念できると思う。

「ブランタークさんは、ブライヒレーダー辺境伯からなにか言われていますか？」

「俺の場合は、元々伯爵様担当だからな。バウマイスター伯爵領が広がれば交易とかで商売も広がる。王国がさらに南方の探索を始めれば、新しい島や大陸が見つかるかもしれないから、これはもう新しいフロンティアだ。手を貸して貸しを作っておくのは悪くないじゃないか」

ブランタークさんの言うとおり、南方には夢があるかもしれない。

東方にも同じように夢があり、西方は魔族との交渉次第か。

唯一北方のみは、アーカート神聖帝国があって探索ができない。

王国もブライヒレーダー辺境伯家も、これからを見据えて未発見の土地に唾をつけておこうという算段なのであろう。

「南に移民のための航路を開くにあたって、バウマイスター伯爵領が安定していないと意味がないからな」

アキツシマ島は、南方探索と開発の中継拠点として安定していなければならず、ブランタークさんも手を貸してくれたというわけだ。

「まあ、先は長いけどな……」

確かに、現在バウマイスター伯爵家で押さえているアキツシマ島の領地は全体の二パーセントちょっと。

残念ながら、一番家柄がいいはずの秋津洲家はこの島で一番小さな領地しか持っていなかった。

七条家も似たり寄ったりであり、早期に勢力を拡大する必要があるであろう。

「開発は進めます」

「基本、俺らは余所者だ。支持を得るためには、明確な飴が必要となるか」

いつの間にか俺の参謀ポジションについたブランタークさんが、この島の地図を見ながら呟く。

「五十くらいの勢力に分かれているとのホソカワ殿のお話だったが、実際にはもっと多いんだな」

「ええ。小領主は、ある大きな領主についたかと思いきや、時にまた別の大きな領主につきと、そんな感じですので……」

勢力のある領主に圧倒されて臣従したが、そこが力を落とすと別の大きな領主を頼る。

一種の戦乱なので戦はあるのだが、あまり敵を追い詰めないルールらしい。

「カネナカは、ルール破りをしようとして負けたのかよ」

「そこまでは考えていなかったそうです」

秋津洲家を脅せば、御所の水を使えるくらいの感覚で軍を集めたそうだ。

実は上手くいく可能性が高かったが、俺たちの乱入のせいで失敗した。

彼は領主として、とことんツキがなかったのであろう。

「今は武官になれてかえって喜んでいるのか。導師と同種類の人間に見えるからな」

兼仲は、村を統治して税を集めるなんて作業が本当に苦手みたいだ。

今は雪が担当している。

仕事量が倍に増えたわけだが、彼女は有能なのであまり苦にしていないようだ。

旧七条領の名主たちも、『兼仲様はお優しいのですが、そういうお仕事がちょっと……』と口を揃(そろ)えて言い、雪を歓迎した。

なお、名主たちに脳筋扱いされた兼仲はちょっと切ない表情を浮かべていた。

「体制としては、ここはバウマイスター伯爵領であり、代官は秋津洲家、副代官である細川家が実務を担当ですね」

秋津洲さんは島一番の名族の出なので、君臨すれど統治はせず、領民たちの治療をしながら民に慕われるのがお仕事というわけだ。

「それで、導師が鍛え直しているカネナカが武官なわけだな」

彼が先陣に立てば、大抵の人間は震えあがるからな。

中級の兼仲がこの島におけるトップクラスの実力の持ち主なのだとしたら、上級の魔法使いがいる可能性は限りなく低い。

であれば、彼に勝てる奴など、滅多に存在しないというわけだ。

「早速、南に調略をかけます」

「言うことを聞くかな？」

ブランタークさん、雪、イーナ、アグネスと共にこの島の地図を見る。

各領主の勢力分布図まで書かれたかなり詳細なものであり、これを調べ上げた雪の力量を示すものであった。

「この地に来た商人や、お涼様から治療を受けた者たちから聞きました。島の地図自体は、元々秋津洲家は島を統治していたので所持していたのです。小領主はコロコロと所属を変えるので、現時点では多少の変化があると思ってください」

「とりあえず、島の北方を統一しないと駄目か……」

「統一しても、中央の三好家と争いになるけどな」

「どうせ争いになるのなら、少しでも多くの領地を押さえないと」

それに、事実上の天下人と呼ばれている三好長慶ですら、完全に押さえているのは中央とその周辺領域だけ。

島の北方、東方、西方、南方に複数の有力大領主がおり、その下で小領主がその情勢に応じて所属を変えたりしていた。

「(子供の頃にやった戦国シミュレーションゲームみたいだな……) 雪、この北方で強いのはどこだ？」

「一番の大身は伊達家ですね。秋津洲家とも遠縁で名族です。自領も広く、従えている小領主も多いです。次は最上家。我らと至近にある南部家も侮れません」

どの家も、某戦国シミュレーションゲームや歴史ドラマではお馴染みの名前であった。

勿論、苗字と名前が同じだけで、本物は出てこないはずだ。

……この世界に転生してきたとかないよね？

ちょっと不安になってきた。

「当主は、雪や秋津洲さんのように女性なのか？」

「いえ、大半の当主は男性ですよ。我々はあくまでも例外なのです」

もし当主が全員女性だったら、日本の創作物を参考に神がなにかしたのかと疑う事案だったな。

二人の場合、あくまでも直系に女性しかいなかったからのようだ。

「そんなわけでして、私は細川家の跡取りを産まないといけないのです」

「そうなんですか……」

雪、そうやって俺に期待の視線を向けるのはやめてくれないか？

「ヴェル、モテモテでいいわね」

イーナさん、その笑顔がもの凄く怖いです。

「とにかくだ！　まずは田植え、種まきを終えたら出陣だ！」

俺たちバウマイスター伯爵家は、まずは北方統一に向けて動き出すことになる。

＊　＊　＊

「総数二百か……で大丈夫なのか？　ナンブって、結構大物領主なんだろう？」

「ブランターク殿、こちらは田植えと種まきが終わったとはいえ、農作業等で忙しいのでこれが限界。向こうも同じ状況なので戦力比は変わりませんから」

秋津洲領と七条領を併合したバウマイスター伯爵家は、第一目標としてアキツシマ島北方平定に乗り出した。

王国と魔族による交渉の行方がわからないので、なるべく急いだ方がいい。

俺たちはエリーゼたちも含めたフルメンバーで臨む。フリードリヒたちが心配だが、ここは涙を呑んでアマーリエ義姉さんやメイドたちに任せている。

何日かに一度、『瞬間移動』で戻って顔を見る予定だ。

ただこの予定も、計画どおりに作戦が進んだらという前提条件がある。

昔の地球の貴族や大名も、忙しくて子供になかなか会えなかったりしたらしいから、為政者というのは色々と大変なのだ。

「あなた、まずは慌てずに平定作業を進めましょう」

「そうだな」

従軍神官の仕事がすっかり板についたエリーゼに焦らないようにと諭され、俺は少し落ち着いた。

「まあ、バウマイスター伯爵様と奥様はいい御夫婦なのですね」

「はい、私たちは出会ってから長いですから」

俺の隣に、名目上の代官にする予定の秋津洲さんがいる。

彼女はエリーゼに比べると治癒魔法使いとしての実力では劣るが、島一番の名族の出で、普段は領外からも来る患者の治療で活躍しており、北方において彼女の名は不動のものとなっていた。

今回の出兵に際し、彼女は看板に相応(ふさわ)しい人物というわけだ。

本人もとても優しい子で、エリーゼとも仲良さそうに話をしているのだが、どこか引っかかるんだよなぁ……。

「アキツシマさんにも、そのうちにいい旦那様が現れますよ」

「そうでしょうか？　でも、意外と近くにいるかもしれませんね」

「遠くの方かもしれませんよ」

「それはそれで面白いかもしれません」

エリーゼと秋津洲さん、一見ほのぼのと会話をしているように見えるのだが、やはりどこか引っかかるものがある。

「エリーゼ様、私たちは臣下となったのです。そのまま涼子と呼び捨てにしてください。ヴェンデリン様もです」

秋津洲さんは、エリーゼのみならず俺にも名前で呼んでくれと言った。

「ヴェンデリン様、家臣をさんづけはおかしいですから」

秋津洲さん……じゃなかった。

涼子の言い分は正しかった。

だが、どこかエリーゼの機嫌が悪いような……。

俺の呼び方も突然ヴェンデリン様になっており、でもあまり違和感は覚えないな。

やはり、久々の巫女服は偉大である。

自分を名前で呼んでくれというのも、先にエリーゼに頼んで既成事実を作ってから、俺にも言った？

主君の奥さんが涼子って呼んでいるのに、俺が秋津洲さんって呼んだらおかしいので、間違ってはいないんだ。

もしかして、実は涼子って意外と強か？

「私はこの島の平和のため、ヴェンデリン様の下で一生懸命に働かせていただきます。残念ながら、お飾りの代官職と治癒魔法使いとしてですが……」

自分に統治者としての資質がないと自覚している涼子は残念そうであったが、それでも島一番の名族の出だ。

その出自は、この島を纏めるのにとても役に立つ。

彼女がいることで反抗する者が少なくなるのなら、これはもう万々歳であろう。

できれば、これからも秋津洲家が代々この島の代官職を世襲し、それが多くの人たちに認められるよう、バウマイスター伯爵家と婚姻関係を結んで……あれ？

俺が涼子を見ると、彼女はとても可愛らしい笑顔を浮かべた。

エリーゼの方は、その笑顔が何か怖い……。

これ以上深く考えるのはやめよう。今は北方平定の方が先だ。

「あなた、ちょっと失礼しますね」

行軍の合間に休憩に入ったのだが、いつもなら俺の傍を離れないエリーゼが席を外した。

彼女は十分ほどで戻ってきたが、何と普段の服装ではなく涼子と同じく巫女服姿であった。

「似合うね、エリーゼ」

「ありがとうございます」

俺に褒められたエリーゼは、とても嬉しそうだ。

金髪巫女服も、これはこれでとてもいいな。

「でも、どうして？」

「リョウコさんと同じです。この島では、女性の治癒魔法使いはこういう格好をするのが常識のようなので、郷に入っては郷に従えを実践したのです」

この島に治癒魔法使いは少なく、女性はさらに少ない。

巫女服姿なのは涼子だけなので、エリーゼは女性治癒魔法使いはみんな巫女服を着るものだと思っているようだ。

「そうなのか？　涼子」

「私の場合、秋津洲家は元々神官の出なので……」

この島には神道に似た宗教があり、秋津洲家はその宗教の神官の出だそうだ。

徐々にその力は落ちているが、代々優秀な治癒魔法使いを排出しやすく、治療と神官としての仕事、昔から世俗的な権力よりも宗教的な権威を利用して君臨していたわけだ。

「そのため、分家やそのまた分家の神官たちに利用される危険性もあり、この北方に領土を確保しました」

唯一の本家の人間である涼子を取り込み、本家を乗っ取る算段だったのか。

それにしても、雪は本当に忠臣だよな。

「お涼様が普段おられる場所は『御所』と呼び、本家の健在を誇示しているわけです」

普段涼子がいる御所は、名前は立派だが大きな屋敷程度でしかない。

近くにふんだんに地下水が湧く場所があり、そこを領地が水不足だった兼仲が狙ったわけだ。

「第一段階の目的としては、伊達家が本拠を置く『ヨネザワ城』を確保し、そこを本拠地にして北方を掌握することかと」

ヨネザワ……米沢(よねざわ)って確か伊達家の本拠地だったような……父が昔、テレビドラマを見ていたな。

まさか、本拠地まで同じ地名とは思わなかった。

「それはいいけどよ。その前にまずはナンブじゃないのか？」

エルからすれば、まずは最初に戦いになる南部家の方が気になるようだ。

「ユキさん、ナンブ家とはどれくらいの力があるのですか？」

エルに同調したハルカも、雪に南部家の戦力を問い質(ただ)した。

「そうですね……南部家で千人程度は動員可能かと思いますが、我々とは違って田植えや種まきが終わっていません。半分動員できれば大したものだと」

「ですが、主家の危機なのでは？」

「それはですね、ハルカさん」

南部家は大領主であるが、大半の領地は小領主の集合体であるため本家自体はそこまで大きくないという。

「農繁期に動員なんてかけたら、小領主たちはそっぽを向くでしょうね。無理強いすれば、他の大領主に寝返るなんて日常茶飯事ですから」

「……大変なのですね……」

ミズホ公爵領ではミズホ家の力が強く、ハルカはこの島の現状が信じられないようだ。

大領主が兵を挙げると、それに近隣の小領主が従う。

それで勢力が増えたかと思いきや、他の敵対する領主が兵を挙げると今度はそちらに従う領主が出て勢力図が塗り替わる。

これを延々と繰り返すわけだから、この島の戦乱が一向に終わらないのも当然か。

従わない小領主を殲滅(せんめつ)するという手法を取りそうな気がするが、それはタブーなのだそうだ。

たまに領地を奪われる領主もいるが、彼らは一族の追放処分で終わってしまう。

逃げ延びた領主一族は、追放した領主に対抗している領主の世話になったり、中央の三好家などに仕えたりするらしい。

戦乱とはいえそこまで血みどろというわけではないようだが、これだと永遠に島の統一は難しいだろうなとは思う。

「そこで、膨大な魔力を持つお館様の存在が役に立つのです」

俺、導師、ブランタークさん、エリーゼ、ルイーゼ、カタリーナ、テレーゼ、リサ、アグネス、シンディ、ベッティ。

上級魔法使いがこれだけいれば、それだけで過剰戦力といっても過言ではない。

イーナ、ヴィルマ、カチヤも中級クラスの魔力を持ち、この島では頂点に近い実力を持つ。

エルとハルカはオリハルコン刀を持ち、この島の鍛冶技術で作られた刀では歯が立たない。

雪によると、この島ではオリハルコンが採れないそうだ。

外部からも持ち込まれておらず、それどころかミスリルすら存在しない。

鋼で作られた刀や槍が最高品質の武器であり、エルやハルカとまともに斬り合えないのが現実であった。

「でも、戦力比が圧倒的な方がいいな」

犠牲を少なく平定するには、強大な力で脅すしかない。

統治を安定化させるには、これは時間をかけないと駄目であろう。

それにしても陛下はよくわかっている。俺にこの面倒な島を押しつけてしまうのだから。

「ヴェル、あの内乱よりは楽だと思うよ」

「そうね、この島には古代魔法文明の遺産もないだろうから」

ルイーゼとイーナに励まされ、俺は行軍を続ける。


「ぷっ、ヴェル様」

不意にヴィルマが俺の腕をトントンと叩くので振り返ると、彼女の横にエリーゼに続き、巫女服に着替えた三名がいた。

カタリーナ、リサ、ベッティである。

「……なぜ？」

「軍勢の中で、治癒魔法が使える者を区別するためです」

この中で一番の治癒魔法の使い手であるエリーゼが巫女服に着替えたので、うちの女性陣で治癒魔法を使える者は全員着替えたそうだ。

カタリーナは、水系統の治癒魔法で軽傷者には対応できる。

リサも、ブリザードの二つ名から水系統の治癒魔法が使えた。

ただし、カタリーナと同じく軽傷者にしか対応できないそうだ。

俺の弟子である三人娘の中では、ベッティが唯一水系統の治癒魔法が使えた。

彼女もまた、二人と同じく軽傷者にしか対応できなかった。

「ヴェル様、カタリーナが変」

「う―――ん」

カタリーナの巫女服姿が似合わない理由は簡単であった。

洋風そのものの縦ロールの髪型と、和風そのものの巫女服の相性が最悪だからだ。

リサとベッティは、涼子ほどではないがよく似合っているのだから。

「私、元のドレス姿に戻りたいですわ」

「従軍中なので、そこは我慢していただく方針でお願いします」

「仕方がありませんわね」

カタリーナは意外と真面目なので、雪から軍規の関係でと言われるとなにも言い返せなかった。

兵士たちからすれば、誰が治療してくれるのかわかった方が安心であり、その数が多い我が軍の士気は高く保たれるというわけだ。

「リサさんは、よく似合っていいですわね」

すっぴんのリサは落ち着いた感じなので、巫女服が似合っている。

ベッティもまた未成年で幼いので、やはりとても可愛らしかった。

「負傷しても、これなら安心だな」

「そうだな」

「んだんだ」

従軍している兵士たちは、自軍にいる治癒魔法使いの多さに安心していた。

みんなが巫女服に着替えたのは、決してコスプレ趣味というわけではないのだ。

「治癒魔法使いを準備できない領主の方が多いので、我々はもの凄く贅沢だと思います」

秋津洲家は元々治癒魔法使いの家系だからこれは例外で、大半の領主は一族に多くても二、三名くらいしか魔法使いがいないそうだ。

その中から治癒魔法使いはというと、数代で一人出れば御の字らしい。

「まず一番最初に当たる南部家は？」

「それでも、服属領主の当主や一族には魔法使いがいるので、十名ほどはいるかと。ただし、みんな初級です。治癒魔法使いは、一人いればいいですね」

「そんなものなのか……」

最近、どこの名族でもなかなか魔法使いが出なくなって困っているらしい。

そのため、今では魔法使いの子供が生まれると問答無用で跡継ぎにされるケースが多いそうだ。

「血が濃い方が魔法使いが出やすいので親戚同士で婚姻を行うも、子供が生まれなかったり、生まれても体が弱くて長生きできなかったりしますね」

一つの島で一万年以上も暮らしてきたので、そろそろ遺伝的に限界が来ているのであろう。

ただ、閉鎖的な島で生きてきたからこそ、逆に魔法使いの才能がなんとか遺伝してきたという現実もある。

地球の古い名族のように、大分遺伝状態の悪化が進んでいたようだが。

「ゆえに、外部から優秀な魔法使いが一族となることを私は歓迎いたします」

「そうですね。昔は島一番の魔力の持ち主と謳(うた)われた、秋津洲家の当主である私がこの程度なのですから……」

雪の言を受けた涼子が、ここ数代で秋津洲家の当主が持つ魔力量が大幅に減ってしまったと俺に説明した。

「ですが、私とヴェンデリン様の子供が秋津洲家の当主となれば安泰ですね」


「「「「「「「「「「……」」」」」」」」」」


涼子の発言で、その場の時間が一瞬止まってしまった。

「あら？　おかしいことでしょうか？　秋津洲家の代官職がお飾りだとしても、秋津洲家の当主は代々優秀な治癒魔法使いの方が求心力があるではないですか」

涼子の言い分は正論だ。

正論だからこそ、俺は答えに窮した。

エリーゼたちがどんな顔をしているのか、見るのが怖い。

「細川家も、できればお館様の一族となっていた方がいいですね。なにより、私もお涼様も一族唯一の生き残りとなってしまいましたので……」

さらに、雪も爆弾を投下した。

「ええと……そういうことはあとで決めるのが……」

「前方に敵軍あり！」

ちょうどいいタイミングで、俺たちの前方に敵軍が姿を現した。

実は南部家にバレるよう行軍を続けていたのでこれは想定内であり、俺からしても、さらに嫁が増えるかもしれない話を先延ばしにできたので、心の中で南部軍に拍手を送ったくらいだ。


「全軍、応戦準備！」

先陣と味方の軍勢を纏(まと)める兼仲が、素早く隊列を整えて敵軍と対峙(たいじ)した。

「どのくらいいるかな？」

「う――む、総勢で六百というところである！」

ブランタークさんと導師は、まるで物見遊山のように南部軍を観察している。

「攻撃してこないな」

「先に大将の物言いがあるのが我々の決まりですので」

相手の隙を突き、奇襲をかけるような戦争は滅多に起こらないらしい。

互いに軍勢を出し、大将同士がそれぞれに要求などを言い、それから戦闘になるそうだ。

敵軍から三十歳ほどと思われる男性が馬に乗ったまま、数騎のお供を連れて姿を現した。

「我こそは、南部家の当主南部晴政である！　秋津洲家の当主よ！　なにゆえ兵を挙げたか？」

南部家の当主は晴政というらしい。

俺は歴史に詳しくないので、彼が戦国時代の人物と同名なのかわからなかった。

従っている連中は、服属している小領主のようだ。

みんな、魔法使いだとわかる。

「ブランタークさん、これぞという強者はいませんね」

「そうだな。あのナンブとかいうのがもう少しで中級かなってところだ」

南部家は名族らしいが、当主の魔力が減少していく宿命から逃れられていなかった。

他の小領主たちはみんな初級クラスだ。

小領主で中級の兼仲が、北方で一番の猛将だと評価されるわけだ。

「細川藤孝！　説明を求めるぞ！」

秋津洲家の実務は、細川家が見ている。

この事実は周知のようで、晴政は雪にどういうことかと尋ねてきた。

「見てのとおりです。外から来られた膨大な魔力を持つバウマイスター伯爵様がこの島の平定を決意なされ、我が主、秋津洲高臣様がこの島全体の代官に任じられました。素直に降って従うのならよし。嫌ならば、バウマイスター伯爵様とその配下の方々の魔法で消し炭にされるのみ。信じるも信じないも、貴殿のご自由ですが」

「呆けたか！　小娘！」

随分と傲慢な言上であったが、元からこう言って晴政を挑発するのが作戦の内であった。

「その若造がバウマイスター伯爵とやらか。それほど凄い魔法使いだというのか？」

「あ――――あ、だそうですよ。ブランタークさん」

「この島の魔法使いの劣化は酷いな」

なにしろ、他の魔法使いの力量を見抜けないのだから。

兼仲は俺たちの強さに気がつき、恐怖に慄きながらも戦った。

晴政たちは、俺たちの魔力量にすら気がついていない。

確かに、この島の魔法使いの劣化は酷いと思う。

「試してみるか？」

「なにを試すのだ？」

「俺たちで決闘して、勝った方が総取りだ」

「総取りだと？」

「そうだ、お前が勝てば秋津洲領も七条領も南部家の領地になる。お前が負けたら、我々が南部領を併合する。わかりやすいだろう？」

「そのような条件、あとでお前らが負けてもやっぱり嫌だと言うかもしれないじゃないか」

「それはないな」

「ほう、なぜそう言い切れる」

「絶対に俺が勝つからだ。むしろ、お前が負けてやっぱりなしと言いだす危険の方が高いな」

「言わせておけば！　ここにいるすべての兵たちが証人だ！　いくぞ、バウマイスター伯爵とやら！」

思ったよりも簡単に挑発に乗ってくれた。

あとは、俺が晴政を撃ち破るのみだ。

とは言っても、彼は所詮は初級。

師匠のような技巧派というわけでもなく、俺は軽く『魔法障壁』を張って彼の魔法を防いだ。

晴政は連続して『火球』を放って俺にぶつけようとするが、すべて簡単に弾かれてしまった。

「全然効かないな」

「舐めるな！」

晴政はもっと巨大な『火球』を作ってぶつけるが、やはり俺が張った『魔法障壁』には通用しない。

しかも、彼は初級でしかない。

すぐに魔力が尽きてしまった。

「降伏するか？」

「お前は俺の攻撃を防いでいただけではないか！」

「つまり、攻撃を食らいたいと？」

「守るのは得意なようだが、果たして攻撃はどうかな？」

「じゃあ、攻撃してやる」

俺は直径三メートルほどの『火球』を作り、晴政の頭上に浮かせた。

それを見た晴政は、絶句したままその場で動けなくなってしまう。

「念のために聞いておくけど、これをお前の体に落としてもいいか？　多分、骨も残らないと思うけど」

「……」

次第に、晴政の顔色が真っ青になっていく。

「南部家の家臣の人たち、並びに服属領主の方々。南部晴政殿につき合って滅びの美学を追求されるのなら、俺は止める気はないけどね。それで返答は？」

「我ら津軽(ツガル)家は降るぞ！」

「九戸(クノヘ)家も降る！」

「北(キタ)家も降ります」

「八戸(ハチノヘ)家もだ！」

晴政を除く全員が、彼よりも先に降ってしまう。

そして最後に残された晴政もついに決断した。

「南部家も降ります……」

「それはよかった。じゃあ、この『火球』は邪魔だな」

俺が作った『火球』を不要とばかりに少し離れた場所にある岩山へとぶつけると、その岩山はドロドロに溶けてなくなってしまう。

それを見た晴政たちは、全員その場で腰を抜かした。

「悪辣よのぉ、ヴェンデリン」

「殺すよりはいいさ。魔族の件もあるから、なるべく早くに島を統一し、あとの統治で徐々に支配力を増す方法でいく」

「まあ、それがよかろう。どうせこんな特殊な事情のある島じゃ。王国も無茶は言うまい。我々に押しつけた罪悪感も多少はあるであろうから、あとで支援なり援助を集るのを忘れるでないぞ。名目は『将来王国が南方探索をするための後方拠点整備費』あたりかの。役人は、もっともな理由をつければ納得する生き物じゃからな」

圧倒的な力で脅かして、相手の気力を削いでしまう。

この作戦を俺に提示したのは、兼仲には難しい軍政面で協力してくれているテレーゼであった。

伊達に元フィリップ公爵ではないわけだ。

「わかったよ、テレーゼは頼りになるな」

「この程度の忠告、大したことでもあるまいて」

我がバウマイスター伯爵家、秋津洲家合同軍は、犠牲ゼロで北方の有力領主南部家を降すことに成功するのであった。

第二話　こっちの世界でも、安定の独眼竜

「という統治方法に徐々に持っていくが、不満はあるかな？」

「いいえ、滅相もない！」

俺は、降(くだ)った南部晴政(ナンブハルマサ)たちにこの島の統治方法を伝えたが、彼らは反対しなかった。

俺たちがいなくなってから再び背(そむ)く可能性も否定できなかったが、俺が『瞬間移動』ですぐここに来られることも伝えてあるので、多分それはないだろう。

それに、魔導飛行船を用いた交易が始まると知るととても喜んでいた。

「この島に入植したご先祖様は、魔導飛行船を所持していませんでした。建造できる技術者もおりませんでしたので……」

同じ名族でも、この島に入植した秋津洲(アキツシマ)家は神官の出であった。

もう一方の瑞穂(ミズホ)家は元々大商家（会社みたいなものらしい）だったそうで、一族や分家に職人や技術者が多かったそうだ。

ミズホ公爵領ですら今の領地に腰を据えるまでに失った技術が多かったのだから、アキツシマ島(トウ)は余計にそうなのであろう。

外部との交流もなかったわけだから、おかげで魔導技術も大分衰退してしまったようだ。

「同じ民族であるミズホに支援を要請するか？」

「それは反発が大きいと思います」

すっかり従順になった南部晴政が、自分はともかく他の領主層の反発が強いはずだと断言する。

「一万年も前とはいえ、瑞穂家と秋津洲家は仲が悪かったそうです。昔は、互いに当主を亡き者にしようと暗殺団を定期的に送り込んでいたとか……」

「昔のことなのに、随分と詳しいんだな」

「南部家は、元々秋津洲家に仕えていた警備隊幹部の子孫なので、大昔の書物などが残っているのです」

一万年も続く名族か……。

ヘルムート王国ですらビックリなお話だな。

「ハルカ、そうなのか？」

「私も、父や兄から聞いたことがあります。なぜ同じ民族で行動を別にしたのかといえば、仲が悪くて一緒にいると内輪揉めどころか、殺し合いになる危険があったからだと」

「でも、一万年経っているけど」

「ミズホ側としても、無償での支援は難しいと思います。新しい領地の開発や入植で忙しいでしょうし……」

内乱鎮圧の功績で加増されたミズホ家は、その新しい領地の把握と統治で忙しかった。

こんな遠く離れた島の支援は難しいというわけだ。

一万年以上も離れていたのに、突然同族だから支援してというのも難しいか。

アキツシマ島側にも、支援してもらったがために下に見られるのは嫌だというプライドがあるだろうし。

「こちらとしても、瑞穂側に支配される危険性を考えますと……瑞穂家に支配されるくらいなら、バウマイスター伯爵家に従った方がマシという領主も多いでしょう」

戦に負けた俺たちに従うのは仕方がないが、負けてもいないミズホから下に見られるのは我慢ならないという。

それにしても面倒な……。

一万年以上にも及ぶ確執か……。

でもそのおかげで、彼らはバウマイスター伯爵家には素直に降伏したとも言える。

「まあいい。領地は没収だが問題ないな？」

「はい」

これも揉めるかと思ったが、意外と素直に受け入れられた。

領主を廃止するのは、彼らはバウマイスター伯爵家の家臣になるわけだから、寄子(よりこ)になって独立でもしない限り領地を与えられないからだ。

とはいえ、今統治している土地の代官には任じる予定だ。

彼らは代官として統治を行い、バウマイスター伯爵家の代わりに行政、徴税、治安維持などを行う。

ミスがなければ、跡継ぎを代々代官に任じる。

そんな彼らを纏(まと)めるのが秋津洲家と細川(ホソカワ)家というわけだ。

領地を没収とはいえ、今の時点ではあまり変化はないといえる。

南部家はその家柄と元々持っていた領地に比した屋敷と土地の所有を許され、代官職の他にも商売を行ったり、大規模農地の経営もできるからだ。

ただ領民たちに対し、バウマイスター伯爵家で決められた以上の税や労役を課すことはできない。

南部家は土地や家屋の所有も正式に認められ、そこから上がる収入から決められた比率の税をバウマイスター伯爵家に納める。

元領主たちも代官として税の徴収を行いバウマイスター伯爵家に納め、代官としての給金はバウマイスター伯爵家が金で支払うわけだ。

最初は上手(うま)くいかないかもしれないが、代官としてミスが多ければ解任もあり得るとは言ってある。

反抗すれば、すぐに鎮圧可能なので問題ないであろう。

それに、彼らを統括する予定の雪(ユキ)は優秀だからな。

彼女が同じ方式でなんの苦もなく秋津洲領と旧七条(シチジョウ)領を統治していると聞き、ローデリヒが『部下に欲しいです』と言っていたくらいなのだから。

「こちらの統治を受け入れれば利益も供与する」

まずは、一万年も待ちに待った外部との交易だ。

彼らは水上船しか持たず、しかもこの島を出て海を少し北上するとサーペントの巣があった。

今までに外部との交易を目論(もくろ)んで海に沈んだ者たちはとても多く、普段は島の周囲で漁をするくらいだそうだ。

その漁ですら、この島はほぼ断崖絶壁に囲まれており、砂浜や港になる場所は非常に限られていたので、その規模はとても小さかった。

「今、みんなで井戸を掘っている」

「ありがたいです」

「一度枯れた井戸も、もう一層岩盤を砕けば復活するみたいだな」

「おかげで、みんな助かっています」

名族南部家の当主晴政をしても、水の確保は容易ではなかった。

ビワ湖を持つ三好(ミヨシ)家の力が、いかに強大であるかの証拠でもあったのだ。

「ただ、ビワ湖の水をもってしても豊かに暮らせるのは中央の民のみ、それが限界なのです」

だから三好家は、地方に手を出さなかった。

晴政も年に一度贈り物を持って挨拶に行き、三好家から返礼の品を貰(もら)うことで恩恵にあずかっていたようだ。

その品は、ビワ湖で獲(と)れる魚を干したり塩漬けにしたもので、これを転売すると大きな利益が出るそうだ。

ビワ湖以外で魚が獲れるところがほとんどないので、貴重品なのだと思う。

「あとは行商に来てくれる頻度が上がります。三好家は、挨拶に来る領主には気前がいいですね」

「それで地方が大きく荒れないのなら、安い買い物なんだろうな」

下手に地方に介入すると経費ばかりかかって赤字になるので、地方領主を贈り物と交易の利益で従わせるのが三好家のやり方なのであろう。

彼らが、新しいこの島の支配者になろうとしているバウマイスター伯爵家に対しどう出るか。

心配ではあるが、その前に色々とやらねばいけないことが多い。

上級の魔力を持つ魔法使いは、降った南部家以下の領主たちの領地を回っている。

新しい井戸を掘ったり、過去に枯れた井戸の再生を行っているのだ。

ただその作業は、彼らの実力をもってしても、一日に一度全力で岩盤を砕いて三日から長いと一週間ほどかかる。

それでも、今まで黒硬石を砕ける魔法使いがいなかったので、俺たちは大いに歓迎された。

命の水を提供してくれる新しい支配者を素直に受け入れている。

使える水の量が増えるということは、彼らの大好きな米を作れる量が増えることにも繋がるので、歓迎されないわけがないのだ。

エリーゼと涼子は無料で領民たちの治療を行い、これも好評だ。

強大な魔法で脅すという方法で従わせたので、飴の政策も必要というわけだ。

「貨幣についても感謝しております」

ミズホには独自の通貨があったが、この島にもないわけではなかった。

だが、その質はお世辞にもいいとは言えない。

この島は金と銀が少ししか採れず、銅山が島内数箇所にあるので銅銭が主流であった。

形は時代劇に出てくるやつによく似ている。

ところがその銅貨が、まったく統一されていないのだ。

秋津洲家が島全体を押さえていた時に発行された古い銅銭『秋津通宝』。

ただしこれは、最後に作られたのが五百年ほど前だ。

鋳造技術がいいので価値は高いが、ほとんど市場には出回っていない。

次に、三好家が製造している銅銭『三好通宝』。

いちばん多く流通しており、作りもそう悪くない。

最後に、地方領主や商人がそれぞれに勝手に鋳造している通称『雑貨』。

質はピンキリの上、地方通貨なので現地でしか使えない。

少なくとも中央では、贋金（にせがね）扱いなので絶対に使えなかった。

地方領主の大半は、外部との決済用の三好通宝と、地元で使う雑貨の両方を備蓄していたわけだ。

銅銭がなくて、金片、銀塊、水晶などの宝石、岩塩、塩、いまだに物々交換が主流の地域もあるそうで、誰が考えても不便なのは確実であった。

そこで、金、銀、銅の量を計ってセント貨幣に交換することを義務付けた。

施行は北方を完全に把握してからになるが、その頃にはバウマイスター伯爵領から交易船も来るので、セント貨幣で色々な品が買えれば不満もないはずだ。

バウマイスター伯爵領となった以上は王国のセント貨幣しか使えないので、特に私鋳した雑貨などは撤廃させせないといけない。

「今は北方の平定に全力を傾ける」

「本拠地は、やはりヨネザワですか？」

「あそこが一番便利だ」

北方一の名族伊達（ダテ）家の本拠地とあって、そこを押さえれば北方支配が容易となる。

そこに涼子と雪の屋敷を置き、常備兵を兼仲（カネナカ）に任せる。

統治の補佐として晴政たちに文官を出させ、まずは北方の支配権を強固にする計画だ。

「(まるで、リアル○○の野望だなぁ……) 兵力を常備兵主体として、北方の開発も推進。井戸ももっと掘らないとな」

魔法で海水を真水にしてもいいのだが、俺が常にこの島にいられるはずもない。

この島は島なのに地下水が豊富なので、岩盤を魔法で撃ち砕き続けるしかないのであろう。

人口が増えたら、バウマイスター伯爵領に移住だな。

うちは土地は余っており、降伏した旧領主たちの子弟に仕官先も提示できる。

すでに、バウマイスター伯爵家に仕官してしまった者たちもいた。

領主やその家臣の一族でも、行き先がない者が多かった。

基本的に水不足なので、じゃあ開墾しようというわけにいかなかったからだ。

若い彼らは外の世界に出られるとあって、みんな目を輝かせてうちに仕官した。

今は俺直属の常備兵部隊を編成し、訓練の合間に街道の整備などを行っている。

「次は最上(モガミ)家か伊達家か……」

「最上家の攻略が先ですね」

「なぜ晴政は、そう思う?」

「両家は親戚同士ですが、元は仲が悪かったですから」

少しでも関係を改善しようと、現伊達家当主に、現最上家当主が妹を嫁がせた。

だが、一代の婚姻くらいでは両者の関係はなかなか改善しないであろうというのが晴政の考えだ。

「伊達家は、最上家に援軍を送らないのか?」

「伊達家は、うち以上に重臣の力が強いですからね。いまだに最上家との婚姻に反対している者も多く、援軍を送れるか疑問なところです」

「詳しいんだな」

「ええ、南部家はアキツシマ島北方三大名族と言われておりますが、その力は最下位です。伊達家と最上家の動きには常に注意を払っていました」

生き残るためとはいえ、名族の当主というのもなかなかに大変なようだ。

「井戸掘りがひと段落したら、次は最上家だな」

やはり黒硬石の岩盤は強固であり、俺が加わっても領民たちから支持される数の井戸を掘るのに二週間ほどかかってしまった。

その間にエリーゼと涼子は領内での無料治療を行い、兵士たちは導師と兼仲が訓練を施したり、領内の街道整備、開墾なども行っている。

次は、北方三大名族の中で二番目に力を持つ最上家。

その当主である義光（ヨシアキ）の決断が気になるところであったが……。

「降ります。一門の清水（シミズ）、大山（オオヤマ）、上野山（ウエノヤマ）、山野辺（ヤマノベ）、楯岡（タテオカ）、松根（マツネ）、家臣の鮭延（サケノベ）、寒河江（サガエ）、日野（ヒノ）、志村（シムラ）、延沢（ノベサワ）、氏家（ウジイエ）他全員、一人残らず降ります」

「はい？」

動員兵力でいえば南部家よりも多いはずの最上家は、当主義光が自ら来て俺たちに降ると宣言した。

念のため雪が事前に降伏条件を認（したた）めて送っていたが、まさかこちらが力を見せる前に降るとは思わず、雪ですら唖然（あぜん）としていた。

「魔法勝負を挑むとかしないのか？」

「最上家当主である私の魔力は、残念ですが南部晴政殿とそう差がありません。勝てない勝負を挑むほど我々はバカではないのです」

「領地は没収だぞ」

「代官職の世襲と、子弟の仕官、バウマイスター伯爵領への移民も認められるそうで？」

「ああ」

「では、問題ないですな」

この最上義光という人物、本心からそう言っているのだろうか？

みんな、代々数千年以上も領主としてその土地で暮らしていたというのに。

「領地に未練はないのか？」

「ないと言えば嘘（うそ）になりますが、このままですと我らはジリ貧ですから」

段々と当主とその一族の魔力が減衰していき、このままでは領地の開発も侭（まま）ならない。

そこへ強者が外部から来て、過酷な条件を出すでもなく、むしろいい条件なのだから降って当然だと義光は述べた。

「領主が独立独歩でやっているといえば聞こえはいいですが、この数百年で我らは衰退する一方なのです。三好家も中央にしか興味がありませんので。バウマイスター伯爵様が強者で我らに利益を与えてくれるのなら降ります」

「そうなんだ……」

俺はもっと『先祖代々の土地がぁ――――！』と必死で抵抗するかと思った。

「そこにおられる秋津洲高臣様には申し訳ありませんが、せめて秋津洲家が島内に統一した強固な統治体制を維持していればと思います」

「それがあったら、俺はヘルムート王国に朝貢させていたから」

今のところは順調に平定作業が進んでいたが、収支でいえば完全な大赤字である。

アキツシマ島が安定的に統治できるようになっても、このままだと元を取るのに数十年規模はかかるであろう。

もっとも金がないわけでもないし、妙に貯め込むよりも派手に使った方が王国も安心であろうから、俺は金を使う。

どうせ俺には、浪費癖も大層な趣味もないからな。

というわけで、俺は大金をかけてこの島を平定しなければいけないのだ。

いくらまで使うのかは、ローデリヒの胸三寸だけど。

「我らは降りましたが、伊達家はどう出るかわかりません」

「義光は、伊達家当主の義兄だと聞くが」

「そうです。伊達家当主政宗の義理の兄になります」

伊達家の当主は政宗というのだな。

もしかして、片目で眼帯をしているのであろうか？

「それと、もう一つ」

「まだなにかあるのか？」

「それが、現伊達家当主政宗は急病で床に伏せているという噂が。我らも探ってみましたが、勿論そう簡単に探らせてもらえるはずもなく」

「これはまた厄介な……」

当主が降ってくれれば楽だったのに、もし病状が悪化して亡くなりでもしたら、今度は御家騒動か？

とにかく状況がわかるまで、最上領の慰撫に努めるしかない。

「つまり、ボクたちやヴェルは井戸掘りなんだね？」

「他にできる人がいないからな」

本当、黒硬石って硬すぎだよ。

この島の地盤の大部分がこの石でできているのだからまいってしまう。

魔法にも強いので、井戸掘りで砕いた石をサンプルとして王都の魔道具ギルドに見せたら大金を支払ってくれた。

魔族が作る高度な魔道具に危機感を抱いているため、新しい技術やヒントには糸目をつけないのであろう。

だが、黒硬石は硬すぎて加工すら難しい。

オリハルコン製の工具でしか削れないらしく、これを使った製品の実用化には膨大な年月がかかると予想される。

ようするに、今の時点ではただの硬すぎる石であった。

「井戸を掘りつつ、態勢を整えて伊達家と戦わねばならないわけだ。ところで、現当主はどの程度の魔力を持つんだ？」

「実は、我々とそう違わないです」

伊達家も犠牲を出さずに降せるだろうか？

そんなことを考えながら併合した旧最上領や、服属領主たちの旧領に井戸を掘り、開墾を行い、街道を整える。

あとは伊達家の対応を待つのみであったが、俺たちは予想外の敵と戦うことになるのであった。

＊　＊　＊

「父上、お加減はいかがですか？」

「すまないね……藤子（フジコ）。私が元気なら、すぐに北の敵に対応するのに……」

「父上は、心安んじあれ」


今、俺の父、伊達政宗は病床にあった。

医者に見せたが病状はよくない。

そこで、最北に領地を持つ名族秋津洲家の当主にして高名な治癒魔法使いである高臣殿の招聘（しょうへい）を計画していたところ、予想外の出来事が発生した。

その高臣殿が、外部から来たバウマイスター伯爵を名乗る集団に降り、この島の北方領域の平定を始めたのだ。

その動きはとても早く、彼らは難なく南部家と最上家、その他多数の小領主たちを呑(の)み込んだ。

当然次は、父上が当主を務めるこの伊達領が標的となる。

本来ならその対応は父の仕事なのだが、今は重病で床から離れられない。

ならば、父の唯一の子である俺、次期伊達政宗を継ぐ伊達藤子がバウマイスター伯爵に対抗しなければいけなかった。

これ以上、余所者(よそ)に好きにはさせない。

名門伊達家の意地を見せてやるのだ。

「大体、伯父上も不甲斐(ふがい)ない！」

「しかしながら、義光殿は優れた人物。彼が降るほどの実力を持つバウマイスター伯爵家は危険だ。私が動ければなぁ……」

「父上、ここは俺にお任せを。バウマイスター伯爵とやらは優れた魔法使いと聞きますが、俺とて父上を超える魔法使いと言われているのですから」

俺は父上よりも魔力が多い。

父上が病床にあって無理をできない以上、俺が一族と服属領主たちを率いて戦わねばならない。

「しかしだな。藤子はまだ……」

「父上、事ここに至っては年齢など関係ありません。みなの補佐を受けつつ、バウマイスター伯爵とやらを撃退してみせましょう。なあ、小十郎(コジュウロウ)、成実(シゲザネ)」

「お館(やかた)様、我ら必ずや藤子様をお守りいたします」

「他の一族もついておりますれば、お館様は病状の回復に専念していただきたく」

俺の付け家老の片倉(カタクラ)小十郎と従姉(いとこ)の伊達成実も、俺の代理出陣に賛成してくれた。

父上は、病気が治ってからまた伊達家で辣腕(らつわん)を振るえばいいのだ。

「わかった。藤子の意志を尊重しよう。だが、くれぐれも無理をしないように」

「心得ました」

父上から許可は頂いた。

見ていろ、バウマイスター伯爵め。

南部家、伯父上と立て続けに降していい気になっておるようだが、俺の魔法で必ずや島から追い出してやる。

そう決意した俺は、全軍を率いて出陣するのであった。

＊　＊　＊

「聞け！　バウマイスター伯爵！　お前如きの対応でわざわざ父上が出陣するまでもない！　この次期伊達家当主、政宗の名を継ぐ伊達藤子が相手をしよう！」

　雪が伊達家にも文を送り、外の世界の情報も含めて降るように説得したのだが、伊達家は降らずに軍勢を繰り出してきた。

こちらもそれに対抗し、今は両軍が睨み合っている状態だ。

そんな中で俺たちに対し、伊達家の当主代理である伊達藤子を名乗る者が堂々とした態度で言上を述べているのだが……。

「まあ、可愛らしいですね」

「あの子がダテ家の次期当主なの？」

「ふっ、ボクの方が大人だ」

「ルイーゼ、当たり前」

「ヴィルマ、それはわかっているから言わないで！　ボクはいつになったら大人の女性になれるんだ！」

「ヴェンデリンさん、魔法で勝負なされるのですか？」

エリーゼたちは伊達藤子を見るや、みるみる戦意を失っていった。

「先生、あの子……」

「ルルちゃんとそれほど年齢が変わらないのでは？」

「先生、本当に戦うのですか？」

アグネスたちが心配するのも無理はない。

とても賢い子のようだが、なにしろ伊達藤子は、どう見てもルルと同じくらいの年齢にしか見えないのだ。

「藤子ちゃんは、いくつなのかな？」

「誰が藤子ちゃんだ！　バウマイスター伯爵とやら、俺をバカにするのか！」

バカにはしていないが、彼女はどう見ても五、六歳にしか見えない。

そんな彼女と本気で戦ってしまったら、俺が大人げないじゃないか。

「フジコちゃん、女の子が『俺』なんて言うのはよくないですよ」

エリーゼは、彼女と戦う気などまったくないようだ。

『女の子なのだから、自分を俺なんて呼んではいけませんよ』と優しく注意していた。

「ムキィ――――！　ちょっとくらい背と胸が成長しているからって、俺を子供扱いか！　俺は次の伊達政宗になるのだぞ！」

俺にとっては、もの凄(すご)く有名な歴史上の人物の名だ。

この世界の伊達家は、当主が代々政宗を名乗るらしい。

雪が細川藤孝(フジタカ)を名乗るのと同じだな。

「旦那様、あの子は眼帯をしていますが、なにか目の病気なのでしょうか？」

そして、この世界の次代伊達政宗も黒い眼帯をしていた。

前の世界で独眼竜と呼ばれた政宗と同じく、隻眼なのであろうか？

リサはまだ小さい女の子なのに……と、彼女を心配していた。

「お――――い、ガキンチョ」

「誰がガキンチョだぁ――――！」

「あのよ、目はちゃんと治療した方がいいぞ。エリーゼもいるから」

というか、次期伊達政宗こと藤子は、伊達幼女政宗であった。

カチヤもまったく藤子に戦意を持てないでいた。

むしろ、彼女の眼帯を見て心配で堪らないようだ。

「この眼帯か？　聞くがいい！　なぜ俺が独眼竜と呼ばれているのかを！　この眼帯は、俺の片目に封じている竜を封印するためのものなのだ！」

「すげえ！　聞いたか？　ヴェル」

「聞いたけど……（そんなわけないよな？）」

魔法についての知識が薄いエルは、藤子の発言を信じてしまったようだ。

目に竜を封じるなんて格好いいと一人興奮していたが、そもそもこの世界の魔法技術で目に竜を封印なんてできない。

封印魔術は、とてつもない大掛かりな装置が必要であり、しかも古代魔法文明時代以後、完全にロストした技術であった。

「あれ？　でももしかしたら？」

「あ――――、伯爵様。それはねえから」

「万が一、この島には秘術として残っていたとか？」

「ないない。第一、あの娘っ子の目にそんな反応ねえよ」

「じゃあ？」

「口から出まかせなのである！」

ブランタークさんも導師も、藤子の目に竜が封印されているという彼女の言い分を即座に否定した。

「誰が出まかせか！　この筋肉ダルマ！　この目の奥に封印された暗黒竜は、常に俺の目に施され

た封印を破ろうとしており、俺はそれを懸命に抑えているのだ！　うっ目が疼く……まだだ！　まだ表に出てはいけない……」

「「「「「「「「「……」」」」」」」」」

みんな呆れ返っていたが、俺には理解できた。

前世で中学生の頃、クラスメイトに同じようなことを言う人がいたからだ。

彼は右手に包帯をしており、『いつ魔王の封印が解かれるやもしれぬ！』と、定期的に周囲にアピールしていた。

他の同級生に聞いたところ、彼は厨二病とやらを患っていたそうだ。

俺はその方面に詳しくなかったので、世の中には色々な人がいるものだと感心したものだ。

藤子も幼くして、その厨二病に蝕まれていた。

彼女はちょっとマセているので、件の同級生氏よりも早く目覚めてしまったのであろう。

「藤子ちゃん、もういいから」

「こらぁ！　人を可哀想な子を見つけたかのように言うな！　もう怒ったぞ！　食らえ！　『暗黒紅蓮竜』！」

怒った藤子が眼帯を外すと、本当に目から黒炎で構成された竜が飛び出してきた。

「ヴェル、本当に封印されてたぞ！」

「いや、そんなわけないから……」

「エルさん、あれはただの魔法ですよ」

魔法使いではないハルカにも理解できてしまうことであった。

藤子は片目に竜など封印しておらず、ただ黒炎の魔法を竜の形にして目の近くから放っただけなのだ。

「変な集中方法だな」

そう、ブランタークさんの言うとおり、これは藤子なりの精神集中法なのだ。

一見無駄に見えるが、こうすることで魔法の威力が上がるのであればそれは正解である。

魔法とは、魔法使いとはそういうものなのだ。

「じゃが、恥ずかしいの。妾(わらわ)ではよう真似できぬわ」

テレーゼだけじゃない。

ここにいる藤子以外の魔法使いは、みんなそう思っているはずだ。

「ヴェンデリン、大丈夫か？」

「勿論」

「ふんっ！　俺の片目に封印されし、紅蓮の暗黒竜に焼き尽くされて死ぬがいいわ！」

随分と自信満々のようだが、藤子も今の時点では中級魔法使いでしかない。

俺が彼女の『炎竜』に対抗し『水竜』を作って絡ませると、藤子の黒炎でできた竜は大量の水蒸気を発しながら消滅してしまった。

「バカな！　俺の暗黒紅蓮竜が！」

「藤子ちゃん、残念ながらこの世の中には上には上がいるのさ。それを理解するがいい」

俺は藤子の五倍以上の『炎竜』を作り、それに頭上でとぐろを巻かせた。

いつでもこの竜をけしかけられる状態だ。

「大きい！」

「藤子ちゃんは魔法の才能があるみたいだね。でも、まだ修行不足だ」

「ううっ……」

　蛇に睨まれたカエルの如く、藤子は俺の頭上にある炎竜に圧倒されてその場から動けなくなってしまう。

　元から魔力量にも差があり、藤子も段々とその事実に気がついたようだ。

「俺よりも圧倒的な魔力……。まさかここまでとは……もしや、その身に魔王を封印しているのか？」

「……それはない」

　俺の体に魔王が？

　俺の知っている魔王は、そういう魔王じゃないんだけどなぁ……。

「さてどうする？　ここで素直に降るか、この炎の竜に軍勢ごと焼かれるかだ」

　なるべく犠牲は出したくないが、こちらも慈善事業をやっているわけではない。

　逆らうのであれば、それなりの犠牲は払ってもらわなければいけない。

　こちらが強く出ると、藤子の顔に迷いの色が出てきた。

「悩むまでもないと思うが」

「俺一人の問題ではないのだ。俺は自ら父上に進言して代理の大将となった。ここで一戦もせずに降るのは伊達家としての矜持に関わる」

　矜持って……。

まだ幼いのに、随分と難しい言葉を知っているのだな。

次期伊達家当主としての責任感が、ここまでさせるのであろうか？

「つまり、勝負を続けるということか？」

「……」

この質問で、藤子の後方にいる軍勢に動揺が走った。

残念ながら、伊達軍や服属領主の軍勢に中級以上の魔法使いの存在はない。

こちらが魔法使いを投入すれば、戦はほぼ間違いなく俺たちの勝ちであろう。

みんなそれに気がついているので、藤子には降ってほしいと思っている。

でも口には出せない。

そんな風に、俺には見えた。

「時に家臣や兵、領民たちのことを考え、降る決断をするのも上に立つ者の役割だぞ」

「わかっておる！　だが……」

「藤子、もう降ろう」

藤子が俺たちに降るかどうかで葛藤していると、その後ろから落ち着いた男性の声が聞こえた。

声の持ち主は輿（こし）に乗っていたが、その顔色は真っ青であった。

かなり無理をしているようで、彼が噂の病床にあるといわれている当代の伊達政宗なのであろう。

「父上！　お加減はよろしいのですか？」

「あまりよくはないが、やはり戦で当主不在はよくないからね」

声は優しかったが、その芯にはとても強いものを感じた。

病床にあっていても、伊達家の当主というわけだ。いくら病気とはいえ、藤子に任せてしまった私は……」

「本当ならば、私が決断せねばならない重要な選択だ。いくら病気とはいえ、藤子に任せてしまっ

当代政宗は、娘の藤子に対し申し訳なさそうな表情を浮かべた。

「父上は、俺にすべて任せてお休みください！」

「いや、これは伊達家当主である私が決めることだ。バウマイスター伯爵、我々は降ります」

政宗の決断に、伊達軍の将や兵士たちの大半は安堵(あんど)の表情を浮かべた。

ところが、一部この決定に反対の者たちがいた。

初級魔法使い数名が、突然こちらに攻撃を仕掛けてきたのだ。

「バウマイスター伯爵さえ倒してしまえば！」

「北方を、伊達家が統一するのだ！」

伊達家は古くからある名族のため、忠誠心過多の者たちが一部存在するようだ。

彼らは刀を抜いてこちらに襲い掛かってくる。

「エッボを思い出すな」

「妾がいなくなって、エッボも大分落ち着いたと聞くぞ」

「へえ、そうなんだ」

テレーゼとの会話のさなか、件(くだん)の魔法使いたちは誰かしらの雷撃系の魔法を食らって地面で痙攣(けいれん)していた。

残念ながら、彼らの魔力では上級魔法使いの魔法はレジストできない。

「魔法が駄目なら！」

「じゃあ、もっと勝ち目がないわよ」

「無謀」

続けて十数名の敵兵が突進してきたが、イーナとヴィルマが魔力を込めた槍と大斧の大振りで吹き飛ばした。

魔力が中級レベルにまで上がっている二人ならば、このくらいの芸当は十分に可能なのだ。

「次は首を刎ねるか？」

「大人しく降りなさい」

エルとハルカもオリハルコン刀で兵たちの武器のみを切断して破壊し、これで伊達軍において抵抗する者はゼロとなった。

「家臣たちが申し訳ない」

「痛い目に遭わせたから、これで大人しくなるでしょう」

「私はともかく、家臣たちには寛大な処置をお願いします」

顔色が真っ青な伊達政宗が俺に頭を下げ、上陸して一ヵ月と立たないうちにバウマイスター伯爵家はアキツシマ島の北方およそ五分の一の領域を支配することに成功するのであった。


「ねえ、ヴェル」

「なんだ？　ルイーゼ」

「あの子、『暗黒紅蓮竜』って言っていたけど、どの辺が紅蓮なの？」

のは確かであった。

「……さあ？」

それは俺にもわからないが、半ば本能で、それについて詳しく聞いてはいけないような気がした

＊　＊　＊

「とにかく、今は無理をなされないことです。この薬を必ず毎日二回、朝と晩に飲んでください。あと、毎日私が治癒魔法をかけます」

「敵対した私にまでこのような情けをかけていただき、大変にありがたい」

伊達家の降伏により、俺たちは島内における本拠地を伊達家の本拠地でもあったヨネザワへと移した。

日本にも同じ地名があるなと思いつつ、俺は領地の整備と新しい統治を進めていく。

そんな中で病床にあった伊達政宗は、エリーゼから投薬と治癒魔法を受けて徐々に回復しつつあった。

彼の病気は、ヘルムート王国では治せる病気であった。

治療薬も高価だが存在したので王都から取り寄せ、さらにエリーゼが治癒魔法をかけるので、あと一ヵ月ほどで完治する見込みだ。

だが、疲れていると再発する可能性があるので、もう半年ほどは無理ができない状態である。

彼は元々文官肌の人間だそうで、さほど体力に自信があるわけでもないのだろう。

それでも将来、島の北方を統括する代官に就任してもらう予定なので、今は雪や南部晴政に任せて静養した方がいい。

彼はエリーゼの治療に感激し、とても感謝している。

きっと、この島の安定した統治に貢献してくれる人物になるであろう。

「お館様、暫(しばら)くは北方領域の統治ですね?」

「ああ」

「三好家についてはどうなされますか?」

「今は警戒しつつ無視する」

一時の安定を求めるのなら、『うちが北方を平定しました。責任を持って安定化させるのでよろしく』と挨拶に行けばいい。

ただしそれをした時点で、この島の常識ではバウマイスター伯爵家は三好家の家臣になったと宣言したに等しくなる。

実利があれば一時欺いてもいいのだが、それを王国に知られるとまずい。

王宮にいる、俺のことを気に入らない貴族たちが騒ぐ可能性があるので、三好軍の侵攻に備えつつ、今は態勢を整えている状態だ。

また黒硬石の岩盤を砕いて井戸を掘り、街道を広げたり、魔導飛行船で北方領域の測量を行い、新しい道の整備、田畑の開墾、村や町の建設候補地の選定を行っている。

来(きた)る中央、東方、西方との戦に備えて軍の再編と訓練も行われており、今は三千人ほどが訓練をしながら街道整備などを手伝っていた。

常備兵なので金がかかるが、仕方がない。

「実は三好長慶（ナガヨシ）も病床にあるという噂です。そうと思われないために兵を出して牽制（けんせい）してくる可能性は否定できませんが、まず攻めてこないかと」

「ただ、商人が来なくなった」

個人レベルの行商人は来るが、規模の大きな商人が中央から交易品を持ってこなくなった。

このままだと領民たちから不満があがるのは確実であり、今アルテリオと連絡を取って定期的に交易船を出す計画を立てている。

勿論、海は危険なので、中小の魔導飛行船を週に二、三隻出す予定であった。

これと合わせて、計画していた貨幣の交換を行う。

領内において銅銭の流通を禁止し、すべてヘルムート王国発行のセント硬貨に移行するわけだ。

交換比率は、雪の進言で銅銭に使用されている鉱物の量を基準にすることにした。

この島の貨幣は種類も多く品質もバラバラなので、結局これが一番効率がいいのだ。

銅銭は厚ぼったく、一番品質が低い私鋳銭でもセント銅貨一枚半～二枚分ほどの量が使われている。

交換しても損はないので、みんなこぞって銅銭をセント銅貨と交換していた。

砂金、金板、銀塊なども、ヘルムート王国の相場に従って貨幣との交換に応じている。

セント硬貨を手に入れた領民と兵士は、早速日々の生活で使用していた。

セント銅貨は一種類しかないので、みんな買い物が楽になったと喜んでいる。

他にも、エルとハルカに俺の魔法の袋に入っている商品の売買を任せていた。

これはアルテリオが品を持ってくるまでの緊急処置であり、そのため少し安く販売したので好評だった。

「三好領にいる商人たちに不満はないのか？」

確かに俺たちは得体の知れない新勢力だが、北方領域は安定に向かいつつある。

井戸やため池があちこちに急増し、農地も広がり、道も整備され、貨幣も統一されつつあるのだ。

俺は中央から来た商人たちの活動に掣肘（せいちゅう）は加えておらず、行商人たちは普通に商いをしていた。

そこに加われないのでは、色々と不満が溜（た）まるかもしれないと俺は思うのだ。

「セント硬貨の件もあります。元々この島には多くの種類の銅銭があるので、北方以外でも使われるでしょうが、三好家は気に食わないでしょうね」

気に食わないが、今は当主重病のため北方を攻めることはできない。

中規模以上の商人の出入りを禁止し、経済的にダメージを与える戦法なのであろう。

「ならば、この北方はバウマイスター伯爵領、王国、帝国との交易で発展させる」

要は、北方の住民が不便さを感じなければいいのだ。

水と道は増やしているので、少なくとも領民レベルではバウマイスター伯爵家の支配は好評であった。

元の領主たちも大半が旧領の代官となり、あまり仕事内容に変化がないので不満も少ないのかもしれない。

「さてと、弟子たちの様子を見にいくかな」

政宗との話を終えた俺は、伊達屋敷を出てヨネザワ城内にある庭へと向かう。

北方の雄、伊達家の居城はなかなかに立派な造りで、庭も広い。

今はバウマイスター伯爵家の代官府となっている。

伊達家は私財を持って、城に隣接する大きな屋敷へと移っていたのだ。

今は、俺たちとともに涼子、雪もここで生活をしている。

「ヴェンデリン様」

「ルル、ちゃんと訓練していたかい？」

「はい」

俺が面倒を見るようになった元村長である幼女ルルは、俺の弟子兼お嫁さんを自認し、毎日魔法の特訓に励んでいた。

彼女はなかなかに才能がある魔法使いで、俺やアグネスたちの教育で日々成長していた。

「次は私も連れていってください」

「未成年は戦場に連れていけないよ」

いくら優秀な魔法使いでも、ルルはまだ五歳だ。

戦場には連れていけない。

「ふふふっ、ルルはまだお子様だからな。ここは、次の伊達政宗である俺がお館様をお助けするのだ」

先日の戦いで伊達政宗代理を務めた藤子は、降伏すると妙に俺に懐いてしまった。

押しかけで魔法の弟子になり、同じ年のルルと毎日切磋琢磨（せっさたくま）している。

藤子もなかなかの才能の持ち主で、もしかしたら久々にこの島出身者で上級魔法使いになれるかもしれない。

なるほど、わずか五歳の幼女が総大将代理でも軍勢が機能していたわけだ。

みんな、藤子の将来に期待していたのだ。

「フジコちゃん、私と同じ年じゃない。それに私も村長だったもの」

「うっ、俺は次期伊達家当主として、色々とやっていたのだ」

「色々ってなにを？」

「色々とだ！」

藤子は五歳にしてはしっかりしているが、やはり子供なので統治の実務にはなかなか関わらせてもらえなかったはずだ。

降伏後、政宗は幼い娘に負担を強いていたことを大いに反省した。

そこで、あとは成人するまで自由に過ごしていいと宣言したのだ。

おかげで、俺の傍(そば)には幼女が二人になった。

アグネスたちもおり、奥さんたちもいるわけだから、俺の周りは女性ばかりなのだ。

「お館様。戦場に出られないのなら、俺も導師様みたいにサーペント退治に行ってみたいぞ」

「それも、もう少し大きくなってからだね」

導師とブランタークさんは、ちょっと近くの海までサーペント退治に出かけていた。

中型の島内連絡船で少し沖合いに出て、自分たちを食おうとするサーペントを魔法で倒すのだ。

自分を疑似餌にするなんて導師らしい。

付き合わされるブランタークさんは不幸であるが。

二人に狩られたサーペントは、領民たちに日当を与えて解体させ、素材や肉を販売する。

この売却益も、北方を統治する費用に化けるというわけだ。

「私ももっと強くなって、サーペントを倒してみたいです」

「ルルなら、ちゃんと訓練すれば大丈夫さ」

「ヴェンデリン様、ルルはいいお嫁さんになれるように頑張りますね」

「そうだね……」

ここで否定すると泣かれそうだし、変に認めてしまうと回りが勝手に納得してしまう。

なかなかに悩ましいところである。

「ルル、俺もお館様の嫁になると父上が言っておった。ただ強いだけじゃなく、ルイーゼのように大人の女になるのだ」

「……」

藤子も藤子で、どうやら政宗に言われたようだ。

大きくなったら俺に嫁ぐとか言っている。

魔法使いの弟子になったのは、当然魔法の上達のためであるが、俺と一緒にいる口実を作るためでもあろう。

あと、ルイーゼが大人かぁ……初見だと、ほぼ子持ちだと思われないんだがなぁ……。

「アグネスたちが不満そうだが、お館様はあの三人も嫁にするのだから、目くじら立てる必要はあるのか？」

「私もわからない」

まずい……俺は刻一刻と、女性たちに包囲されていっているような。

そして、俺に奥さんが沢山いてもなんとも思わない幼女二人。

この世界の価値観には、今でも完全に対応できないな。

「相変わらず、バウマイスター伯爵の回りには女性が多いな」

「いやあ、ここはいい島だね」

「あとで海水浴とかしたいな」

「ただ、もっと開発が必要だろうね」

さらに、民主主義全盛の魔族の国において、今も魔王を自称する少女まで姿を現した。

実は、俺が人手不足だから呼んだのだけど。

彼女は、モールたちを護衛として連れてきていた。

魔王様は夏休みに入り、魔族の学校の夏休みは三ヵ月もあるとかで、出稼ぎ兼社会勉強兼バカンスに来たわけだ。

随分と血なまぐさい社会勉強もあったものだが、彼女に従う宰相ライラさん曰く『王として必要なことだから』とのこと。

魔族の国では、魔王様を会長、ライラさんを社長とする農業法人が設立された。

農村で自給自足をしていた若者たちを組織し、農作物や畜産物の販売が主な業務となっている。

最初はなかなか作物が売れなかったそうだが、今では会社の経営も安定してきたそうだ。

アーネストの教え子であった元ニート三人組も、無事に就職をはたしている。

経営は順調なようだが、それでも当座の金は欲しいと俺の誘いに応じてくれた。

魔族が人間の国で働いていいのか疑問であったが、考えてみたら両国はまだ交渉中であった。

帝国も交渉に加わったようで、余計に事態の収拾が難しくなっているらしい。

決まりがない以上、魔王様やモールたちがここで働いても問題はない？

最悪、脱法行為で違法じゃない。

ここは俺たちが平定作戦中の島であり、関係者以外誰も来ないのも大きいか。

勿論、魔族の国には王政、封建制に対しアレルギーがある連中が多いので、俺の『瞬間移動』でこっそりと来ているが。

「余は夏休み中、田舎の村で過ごすことになっているのだ。公式には、余は魔族の国を出ていないことになっておる」

あくまでも、ここに来ているのは秘密というわけだ。

今は平定作戦中なので他の王国貴族が来ることはなく、ブランタークさんと導師がわざわざ外部に漏らして大騒ぎすることもない。

つまり魔王様とモールたちがこの地で農業指導と開発の手伝いをしていてもばれない。

そこで、人手が足りないので、俺が魔王様に外注、アウトソーシングしたわけだ。

「魔王様が、出稼ぎをするのか？」

藤子は、自ら働いて金を稼ぐ王様という存在が信じられないようだ。

彼女にとって民主主義など理解の範疇（はんちゅう）外なので、今、魔王様が置かれている状況を理解することができないからなのだが。

「余は皆に愛される魔王様だからな。というのは冗談として、現実的に金が必要なのだ」

「農業法人の経営は順調なんだよね？」

「そちらは大丈夫だが、急に金が必要になってな」

「金がですか？」

「学校の建設資金だ」

廃村に魔族の若者たちが集まり、そこで自給自足の生活をしながら生産した作物を売って現金収入を得る。

魔王様が会長になり、優秀なライラさんが社長として実務を取り仕切る。

モールたちも、元々一流の大学を出て優秀な人材なのだ。

他にも、新卒で就職に失敗したり、酷(ひど)い待遇の会社で心を病んでリタイアしていた若者たちが無事に更生したので、農業法人の経営は順調であった。

「生活が安定した社員同士で結婚し、子供が生まれる者も増えてきた。となると、子供には学校が必要となる」

廃村に学校にできるような建物はあるが、手を加えないと駄目だそうで、他にも経費がかかる。

今すぐ必要ではないが、その時に備えて資金が欲しいのだと魔王様は言う。

「学校を運営していくとなれば、毎年多額の維持費も必要となる。子供がある程度集まれば、役所としても学校については検討してくれるそうだ。ただ私学扱いなので、やはり金はかかるのだ。古い校舎もちゃんと直さねば、安全性が確保できないという理由で役所からの許可は出ぬしな」

田舎で学校を運営するには金がかかる。

どの世界でも、先立つものが必要というわけか。

「そこで、我らが魔法や技術でバウマイスター伯爵を手助けする。相応のお礼が貰えれば、余たちも嬉しい。お互いに得をするわけだな」

バウマイスター伯爵領内でアルバイトをすると、俺のことが大嫌いなプラッテ伯爵たちがいらぬ讒言を陛下にするかもしれない。

この島なら関係者以外誰もいないので、是非能力を存分に発揮してもらいたいものだ。

「モールたちが護衛なのですか」

就職してから短期間で、随分と信用されたものだな。

「この者たちは恩師と同じで普段の言動はアレだが、仕事はできるからな。魔力も並以上はあって魔法の修練もちゃんとしておる。護衛としても役に立つぞ」

「というわけだから、バウマイスター伯爵」

「それにさ、ここで働くと給料以外に手当てが出るんだよね」

「遠隔地手当てだね」

「そんなに物入りなのか？　お前ら」

あまり詳しくは聞けないが、農業法人って給料が安いのだろうか？

「俺たちさ、結婚するんだ」

「となると最低限でも式は挙げたいし、子供が生まれた時に備えて蓄えも欲しいじゃない」

「そこにこの話が出たのだから、飛びつかねば男じゃない」

この三人と知り合ってそう月日も経っていないのだが、次々と人生の転機に臨んでいるな。

「そういえば、先生は？」

「もう少ししたら来る予定」

アーネストは、もう少し島の状態が落ち着いたら調査に来る予定だ。

もっとも、この島には古代魔法文明時代の遺産が存在しない。

純粋な学術調査なので、ローデリヒがバウマイスター伯爵領の遺跡調査を優先させているのだ。

「なんだ、いたらご祝儀でも貰おうと思ったのに」

「残念だな」

「そのうち来るんじゃないの？」

お前ら、あのアーネストがそんな気の利いたものを出すと思うのか？

「俺は祝儀は出さないが、報酬に色をつけるからあとは魔王様の器量に期待してね」

「そうだな。バウマイスター伯爵が余の臣下に褒美を渡すと問題だからな。よくわかっているではないか。バウマイスター伯爵が余の婿なら色々と楽なのにな」

「それは、同じ魔族の婿さんで適格者を選んでください」

今でも、涼子、雪、藤子、ルル、アグネス、ベッティ、シンディに迫られていて大変なのだ。

魔王様を嫁にするのは勘弁してほしいと、俺は心の中で思うのであった。

第三話　早巻き、アキツシマ統一作戦遂行中

「ただいま帰ったのである！」

「あなた、お帰りなさい。先にお風呂にしますか？　それともお食事にしますか？」

「夫君、遠征はいかがであった？　敵将の首はどれほど獲(と)れたのだ？」

「フジコちゃん、そんなことを聞く奥さんはいないよ！」

「そうなのか？　しかし我らは貴族の妻となるのだ。時にそういうやり取りもあるはず」

「いや、今のヘルムート王国は戦乱とは無縁である。隣の帝国で発生した内乱も終結しており、まずお主らが生きている間にそんな会話は必要ないと思うのである」

「アキツシマ島(トウ)とは違うのか……。それで、反抗した領民を何人磔(はりつけ)にしたのだ？」

「フジコちゃん！　旦那様に対する質問が怖いよ！」

「しかしだな、ルル。上に立つ者としてその土地を統治するのに、時に非情な決断を迫られる必要があるのだ。夫君役の導師殿、貴殿もそうであろう？」

「某(それがし)は、法衣貴族である……」

「悪さをした家臣を鞭(むち)打ちにしたり、悪さが過ぎれば首を刎(は)ねることもあるのでは？」

「そんなこと、したことないのである……」

「見た目に反して優しいのだな。素手で首を引きちぎりそうに見えるのだが……」

「……」

「なあ、ホソカワ殿。あれはなにをしているんだ？」

「おままごとです」

「雪（ユキ）が教えたそうですよ」

「教えたのは確かですが、どうも私の考えているおままごととは違うような……」

「大分脱線していないか？　俺はちょっと怖いんだが……」

「私も怖いですよ。なぜ、ああも話が飛躍するのか……」

ヨネザワ城の中庭において、ルルと藤子（フジコ）が暇そうな導師を夫役にしておままごとをしていた。

ルルはともかく、藤子は物心つく頃から伊達（ダテ）家の次期当主として振る舞ってきたので、女の子としての常識に疎く、それを心配した雪が二人にアキツシマ島の伝統的な女の子の遊び『おままごと』を教えたのだ。

ところが実際にやらせてみると、どうも藤子の言動には問題があるような……。

同じく時間が空いたので、雪に淹（い）れてもらった茶を飲んでいるブランタークさんは、藤子の言動にかなり引いていた。

「この島って、領主が反抗する領民を磔にするのか？」

「私やお涼（リョウ）様はしていませんよ」

ブランタークさんの問いを、雪は全力で否定した。

「雪には必要ないものな」

「はい、お館様はわかってくださいますか」

そう言いながら、俺に対しにっこりと笑う雪。

雪は名門細川家最後の直系のため幼少の頃から英才教育を受けており、本人も才能があったので秋津洲領では善政を敷いていた。

雪も涼子も贅沢な生活を望まなかったから税も高くなかったし、雪は地質学の知識もあって豊富な地下水が湧き出る御所も発見している。

御所の地下水は、次第に井戸や湧き水が枯渇しているこの島において唯一の例外だったそうだ。

これを見つけた彼女は、立場が危うい涼子を連れて島の最北部のこの地へと逃げ、零細領主としてようやく居場所を確保したわけだ。

「(ローデリヒに匹敵する才人だな……)他の領地では、反抗する領民が磔になったりするのか?」

「よほど残忍な領主でもなければ……。代を経るに従ってそういう領主が出ない保証もないので確実にいないとは言えません。ですが、普通は追放で済ませますね。他の領地に住もうにも、どんな理由で前の領地を追い出されたのかは調べられます。まず受け入れてもらえませんし、誰も管理していない水源なんてありませんから、実質死罪と同じですけど」

追放の時点で生きていけないので、わざわざ殺す必要はないというわけか。

血みどろの戦乱とまではいえないが、水が確保できないと死んでしまう環境は厳しいな。

「ホソカワ殿、ダテ家はどうなんだ?」

「あそこで領民の一揆なんて聞いたことがありませんね。伊達領も比較的裕福な領地なので」

ブランタークさんの問いに、雪がそう答えた。

「あのチビっ子は、随分と発言が物騒だな」

「あえてそう言うことで、『次期領主として非情な発言をする俺、すげえ格好いい』と思っているのかも」

なにしろ、五歳児なのに厨二病(ちゅうに)だからな。

「目に竜が封印されているとか、もの凄(すご)いことを言っていたし」

「そうそう。結局黒い炎の竜だけで、紅蓮(ぐれん)は関係なかったけど」

イーナ、ルイーゼ、それは単に語呂がよかったとか、紅蓮というワードが格好いいから使ってみたかっただけだと思う。

俺の同級生もそんな感じだった。

「もしかしたら、あの黒い炎の竜が紅蓮の炎を吐く大道芸が見られたかもしれないな」

「魔法の炎でできた竜が、炎を吐いても意味ないと思うわ。ねえ、ヴェル」

「ないね」

実質、ただ火魔法が分裂しただけだ。

わざわざ竜の口からブレスを吐く形を再現する手間が惜しい。

「それもそうか。ユキさん、あたいもお茶」

「お茶菓子欲しい」

ひと仕事終えたイーナ、ルイーゼ、カチヤ、ヴィルマが休憩がてらお茶を飲みに来た。

エリーゼがバウマイスター伯爵家の飴(あめ)の政策である無料治療で忙しいため、みんな彼女と同じくらいお茶を淹れるのが上手な雪の下へ来ることが多くなった。

雪は料理も上手で、その多才ぶりはエリーゼに匹敵するかもしれない。

「『おままごと』か。懐かしいの」

「ミュウミュウ」

さらに、出稼ぎ兼夏休みを外国で過ごすために来ている魔王様も、今日の分の宿題が終わったようで姿を見せた。

彼女はお茶を飲みながら、ルルと藤子と導師が行っているおままごとを見ている。

すっかり魔王様の僕（しもべ）というかペット姿が板についた子竜のシュークリームも、彼女の傍（そば）を離れないようになっていた。

魔王様の魔力が気に入ったのであろう。

「魔族の国にも、おままごとはあるのですか？」

「昔からあるな。ただ、ちょっと人間のとは違うぞ」

「違う？」

おままごとなんて、誰がやっても同じように思えるんだが……。

「少しやってみよう。導師殿」

「陛下が、某の奥さん役であるか」

「然（しか）り、余の言うとおりにやってくれよ」

「わかったのである」

魔王様監修の元、魔族のおままごとが始まったが、確かに王国のそれとは大きな違いがあった。

「某が、家で出迎えるのであるか？」

まず妻が夫を出迎えるのではなく、夫が家に帰ってきた妻を出迎えた。

本当なら小道具である割烹着っぽい服装に着替えるのだが、導師が着ると破れるので、エプロンを着けていた。

導師がエプロンを着けていると、マッチョな金太郎みたいだな。

「そうだ。妻が家にいて夫を出迎えるという価値観自体が古いとあちこちから批判をされてな。うるさいから、逆にした方が楽という結論に至ったわけだ」

そういう魔王様は、俺が貸したブカブカのスーツを着ていた。

「調子が狂うのである……おかえりなのである！　飯が食いたいのである！」

「アウトだ！　導師！」

「どうしてであるか？」

家に帰ってきた妻役の魔王様に飯を要求した導師は、魔王様から駄目出しをされた。

「妻が食事の支度を一手に引き受けるなど、古い考え方だと世間の声がうるさいのでな」

「……食事はできているのである」

「似合わねえなぁ……」

導師が主夫役って……と、ブランタークさんも心底嫌そうな表情を浮かべていた。

俺も、導師が作る飯を毎日食わされたら……たとえ美味(おい)しくても嫌になってくるかもしれない。

「すまぬの。最近は残業が多くて……いや、労働基準法では残業ではないのか。政治家め、企業に媚(こ)びてなにが裁量労働制度だ。サービス残業を隠しているだけではないか。かといって、文句を言えばクビだからな。はあ……生きていくのは辛(つら)いの」

「……某、魔族でなくてよかったのである」

どっちも経験している俺としては、なんとも言えなかった。

どちらの世界にも、一長一短があるからなぁ……。

「魔族も俺たちと同じで大変だな」

「ぶぅ――、つまんない」

藤子は魔族の生活に同情し、ルルはこの一見変わったおままごとに文句を言う。

ヘルムート王国、アキツシマ島、魔族。

異文化コミュニケーションの難しさを、俺たちは目の当たりにするのであった。

＊　＊　＊

「北方開発は順調だな」

「あたり前じゃ。大して広くもない島の一部地域にこれだけの魔法使いが集まっているのだから」

アキツシマ島北方の中心地ヨネザワにあるヨネザワ城の執務室において、俺は報告書を読んでいた。

バウマイスター伯爵領本領の開発もあるが、多数の魔法使いがいるのでローテーションで回して計画は予定よりも大分早く進んでいる。

俺は、開発予定地点に必要な数の魔法使いを『瞬間移動』で送り迎えするのがメインの仕事になっていた。

この『瞬間移動』の魔法は、とにかく使える者が少ない。

なぜか魔法では圧倒的に優位なはずの魔族でさえ、一人も使える者がいなかった。

昔の魔族には使える者がいたらしいが、今の魔族の間では幻の魔法扱いだそうだ。

もっとも、今の魔族の技術ならば移動手段には事欠かないのでそこまで困っていないようだが。

「さすがに、魔王様とモールたちの移動はこの島限定だけど」

「あいつらの持参した種子は優れておるの」

農業法人を経営している魔王様は、北方の農業開発に大きく貢献している。

新しい土地を開墾し、土壌も魔法で劇的に改良している。

数日おきにモールたち以外の魔族も来ており、彼らは農民たちに栽培方法のマニュアルを配り、現地で直接指導した。

彼らは、魔王様が会長になる前から自給自足で農業を行っており、農業のプロなのだそうだ。

さらに、魔族の国の穀物や野菜の種子、果物の苗木なども売ってくれた。

最初テレーゼは、それは国家機密なのではないかと心配していたが、彼らはなにも心配していなかった。

「これは長年の品種改良によって改良が進んだ種子ですが、我々の国ではもうほとんど栽培されていませんから」

「味もよく収穫量も多いのであろう？」

「大手企業が提供する一代種には負けます。こんなに古い品種の種子を持ち出しても、彼らはなにも言いませんよ。家庭農園で楽しむ人が、ホームセンターで安く買う種ですから」

一代種というのは、地球でいうところのＦ１種であろう。

味がよくて大量に収穫でき、病気や環境の変化にも強くて育てやすく、儲かりやすい品種のことだ。

だが、その効果は一代のみ。

収穫した種子で栽培しても、次世代以降はその効果が薄くなってしまう。

それにしても、魔族の国にも穀物メジャーのような連中が存在するのか。

日本の農業がいまいちな原因の一つに、欧米の穀物メジャーにＦ１種の市場を握られているという理由もあると聞いていたからな。

ただ、リンガイア大陸での普及は難しいはずだ。

普通の農民が、種子、化学肥料、農薬、除草剤などを常に購入できるとは思えない。

「この地で普及させるのは、比較的栽培が楽な古い品種の方がいいでしょう。うちも、企業が経営する合成肥料、合成忌避剤使用の農業に苦言を呈し、原種に近い品種を、有機肥料、天然由来の忌避剤を少量だけ使用する作物というコンセプトで販売していますので。大規模にはできませんが、一定のファンがいるのでよく売れていますよ」

作業報告のため訪れた若い魔族が提言する。

効率第一の大農園に対し、昔ながらの栽培方法を貫く農家……住み分けといったらいいのだろうか、前世でもあったなこういうの。

「なるほど。無理にそちらの最新技術を導入しても失敗しそうだの」

近代農業は、購入するものが多くてコストがかかるので、それを提供する企業ばかりが儲かる、なんて言う人もいるくらいだ。

結果、大規模に耕作する必要があるが、もし豊作すぎて価格が下がれば大赤字。

大規模にすれば必ず農業が儲かるなんて幻想だ。

むしろ、種、苗、肥料、薬草、農機具を製造販売している企業の方が安定して利益が出るかもしれない。

「第一、交渉が纏まってもいないのに、種子や合成肥料は購入できないからな」

国同士の交渉がすぐに纏まるなんて幻想なのだ。

帝国も交渉に加わった結果、それぞれ様々な勢力に足を引っ張られ、さらに交渉が難航している。

そして彼らは気がついた。

別にすぐに交渉が纏まらなくても、それで普段の生活に支障がないことをだ。

下手に焦って不平等条約を結ぶ方が、叩かれて今の地位を失ってしまう危険がある。

結果、交渉は長期化していた。

「私にも影響はないですね」

農業指導に来ている若い魔族も、政府の交渉にあまり興味がなさそうだ。

所属している会社は商売繁盛だし、自分も遠隔地手当てが貰えるから個人的には嬉しいはずだが。

「よくよく考えてみたら、交渉が纏まってからでもここに来られますからね」

魔族の国ではとっくに陳腐化した農業技術なので、外国に持っていっても誰かに咎められるはずもないわけだ。

これが最新技術なら、持ち出しに大きな制限がかかるのであろうが。

「では、私はまだ指導がありますので」

若い魔族は、報告を終えると現場に戻っていく。

それにしても、優秀な若者だな。

少し前まで無職だったのが信じられない。

「魔族とは淡々としておるの」

「世界征服を目論(もくろ)むよりはいいんじゃないかな？」

「それもそうよな」


「お館様！」

「ヴェンデリン様！」

テレーゼと話をしていたら、いつもは勉学や魔法の修練をやらせている藤子とルルが入ってきた。

「バウマイスター伯爵、差し入れだぞ」

「ミュウミュウ」

ケーキらしき箱を持った魔王様とシュークリームも一緒だ。

確かこの箱は、『瞬間移動』で連れてきた時にも持っていたな。

「差し入れ？」

「そうだ。我が社も経営が軌道に乗り、余のお小遣いも増えたのだ」

魔王様は農業法人の会長であるが、普段は学業優先なのであまり仕事はない。成人するまでお飾りなので、報酬はお小遣い制だとライラさんから聞いていた。

「王が小遣い制とな？」

「ヘルムート王国の陛下は小遣い制だぞ」

小遣い制というか、個人的に使える歳費が決まっているだけだが。

「帝国の皇帝も、使える歳費の額には制限があるぞ。無駄遣いをすると、議会で追及されることもある」

帝国の貴族議会、意外と仕事をしていたようだ。

内乱は防げなかったけど。

「テレーゼ殿、法人は余の臣下なれど、王たる余が無駄遣いをして傾けては意味がない。時に節制をするのも王である余の重要な仕事なのだ。とは申せ、余の小遣いは月に三万エーンにまで増えた。普段はなるべく貯蓄しておるが、たまにはみなへの振る舞いも必要なのだ」

小学生が月にお小遣い日本円にして三万円は多いが、魔王様はちゃんと貯金しているそうだ。

それにしても、随分と微笑(ほほえ)ましい魔王様である。

「その箱はケーキですね」

「バウマイスター伯爵は甘い物が好きだからな。これは、我が国でも有名なケーキ屋さんのケーキなのだ。みなも食べるがいい」

「わ――――い」

「ヴェンデリン、お主は心から嬉しそうじゃな」

「甘い物は大好きなので」

「さっそく、みなで食べるとしよう」

ちょうどオヤツの時間なので、みんなでケーキを食べることにした。

「やはりいい味じゃの。皇室御用達の店のものよりも美味しい」

テレーゼは前にも食べたことのある魔族の国のケーキを食べ、再びその味のよさに驚いていた。

王都や帝都にある超一流店のケーキも美味しいが、やはり最高級の料理とお菓子の味は魔族の方が上だ。

長年、素材まで品種改良して研究を重ねているので、美味しくなって当然なのだ。

魔族の国では安価な量産品でも、王国や帝国では最上級レベルの味なんて品は沢山ある。

生活レベルが高い魔族は口が肥えており、人口減で競争も激しそうだから、余計に切磋琢磨しているのであろう。

「このような綺麗なお菓子が存在するとは……」

実質的な代官として執務室に詰めている雪は、初めて見るケーキという食べ物に感動していた。

「美味しい……至福の時ですね。あとでお涼様にもお届けしていいですか？」

「構わぬぞ」

雪はうっとりとした表情を浮かべながらケーキを口に入れているが、涼子の分を確保するのも忘れなかった。

能力だけじゃなく、こういう気遣いができる彼女は凄いと思う。

「この島のお菓子事情ってどうなの？」

「甘味は、北方では贅沢品ですね」

「どうしてかな？」

この島は亜熱帯であり、その気になればどの地域でもサトウキビが栽培できるはずだ。

北方のこの地でも標高が高いところがあり、そこは朝晩冷えたりするそうなのに。

「水不足で、なくても生きていけるサトウキビは後回しなのです。中央と南方では盛んに栽培されています。どちらの地域も水に余裕があるので」

中央はビワ湖が、南方では湧き水が出る場所が多いという。

両地域は農業生産が盛んで、特に南方はサトウキビの有名な産地だそうだ。

ただ少し値段が高いので、生産された砂糖の多くは経済的に恵まれている中央で消費されてしまう。

実は、北方地域は他より貧しい地域でもあったのだ。

「今は水に余裕ができたので、サトウキビ栽培は計画しております」

やはり、雪も女性なので甘い物は欲しいようだ。

それにしても、対応が早いな。

「甘い物はいい。心が落ち着くな」

「魔族の国とは豊かなのだな。俺も月に数度、饅頭（まんじゅう）や砂糖菓子が食べられるくらいだぞ」

名門伊達家の姫君である藤子ですらそのような状態なので、やはりこの地域は貧しいようだ。

早く開発を進めて、生活を豊かにしないといけない。

そしてそれが上手（うま）くいけば、バウマイスター伯爵家と秋津洲家は領民たちに強く支持されるようになるというわけだ。

「ヴェンデリン様、美味しいですね」

雪や藤子と違い、魔法の才能はあっても年相応なルルは、鼻の頭に生クリームをつけながら夢中でケーキを食べていた。

彼女がいた島ではサトウキビ栽培が盛んであったが、ケーキのような手間のかかったお菓子は存在しなかった。

彼女からすれば、オヤツの時間は最大の楽しみなのだ。

俺としても、年相応で可愛(かわい)らしいルルを見ていると心が癒(いや)される。

「ルル、鼻にクリームがついているぞ」

俺は、ルルの鼻についた生クリームを取ってあげる。

「ヴェンデリン様、ありがとうございます」

「う―――ん」

「魔王様、なにか？」

「まるで本当の親子みたいだな」

「そこまで年は離れていませんけど」

「そうですよ、魔王様。ルルは、ヴェンデリン様のお嫁さんなんです」

「ちなみに、俺もそうだぞ」

なぜか俺の嫁になることに積極的な幼女二人。俺はそういう問題は彼女たちが成人してからだとスルーするのであった。

＊　＊　＊

俺たちが、アキツシマ島に上陸してから二ヵ月ほど。

魔族の国と王国、帝国の交渉は笑えるほど停滞していたので、その間に領地の整備を進めることができた。

バウマイスター伯爵領本領と、南方諸島、サーペントの巣がある海域にある島々、そしてバウマイスター伯爵領南端にあるアキツシマ島北方領域。

人が住めそうな島への調査と移住も始まり、それら島々との間に中、小型魔導飛行船の定期航路が開かれた。

港は俺たちが魔法でなんとかしたので、早くに運行が開始されたのだ。

船員に関しては、とにかく人手不足なので、退役した元空軍軍人たちを期間限定で雇用した。

彼らの下に若い未経験者をつけ、教育しながら船を動かす。

泥縄感があったが、なんとかなっている状態だ。

彼ら退役した軍人たちは、みんなヴァイツ侯爵や他の空軍閥貴族の紹介で働いている。

当然、息子の件で俺と揉めているプラッテ伯爵と繋がりがある連中は除外しているので、王宮で彼は盛大にブチ切れたそうだ。

俺の排除を目論んでいるらしく、ヴァイツ侯爵から注意するようにと連絡が入った。

ローデリヒにも通達がいっているので、プラッテ伯爵と縁がある人間はバウマイスター伯爵家に仕官できなくなっているし、商人でも商売から締め出されたりした。

貴族をやっていると、こういう完全に敵対する人物が出てくるわけで、貴族なら誰にでもあることだから気にしないでいいと、ローデリヒには言われた。

いくら人手不足でも、敵対勢力と縁がある人間を雇って足を引っ張られたら意味がないからと。

そんなわけで、今日もプラッテ伯爵は機嫌が悪いみたいだ。

忙しい俺は王宮には行かないので、直接彼の顔を見たわけじゃないけど。

空軍も協力してくれたので、広大なバウマイスター伯爵領内の移動は魔導飛行船で行えるようになった。

最近、王国と帝国との間でも貿易量が劇的に増大しているので、空軍の軍人は忙しい。

プラッテ伯爵と縁が深い連中も、対帝国貿易ではハブられているわけではないので、プラッテ伯爵の悪巧みに手を貸す者は少ないそうだ。

そのせいで彼は、余計イライラしているらしいが。

そんなわけで、バウマイスター伯爵領の開発は順調だ。

魔法使いが多いのも有利な原因であろう。

アキツシマ島北方については、中央で権勢を誇る三好(ミヨシ)家はなにも言ってこない。

地味に商人の活動を阻害されているが、交易はバウマイスター伯爵本領とできるので、北方の領民たちに不満はなかった。

俺が公共工事や開発を積極的に行って彼らに金をばら撒(ま)き、それは王国発行のセント硬貨なわけだが、それを得た彼らは北から魔導飛行船で運ばれてきた産品を購入する。

特に人気なのは、バウマイスター伯爵本領で生産量が増大している米、魔の森で採れる果物類、海産物、塩、砂糖などであった。

他にも、装飾品、衣服、工芸品、芸術品なども売れた。

『北方の領民たちはこんなに裕福だったかな？』と疑問に思ったのだが、実はこれらの品は他地域に転売するために購入しているそうだ。

中央は商人が北方に行くのを禁止したが、個人レベルの行商までは制限していない。

よって北方からも、個人なら商品を持って中央に行けるのだ。

中央は富裕層が多い地域なので、彼らに舶来品を高く売って儲ける。

最近北方では、羽振りのいい領民がボチボチと現れ始めた。

一人で行商に行くと途中強盗などに荷を奪われるケースもあるそうだが、一回の失敗は一回の成功で補填(ほてん)可能なので、個人でも中央に行商に行く者が多い。

もっとも最近では、俺たちが整備した街道を纏まって移動するようになり、強盗に襲われにくくなった結果、行商の成功率が上がっているようだ。

彼らは代金として金や銀の塊を受け取り、それをセント硬貨に両替した。

中央だけでなく東方、西方、南方の富裕層もバウマイスター伯爵領産の品を欲しがるようになり、それに北方の領民たちが対応して儲けるようになったので、次第に北方に富が流出していったが、まだ統治していない地域の経済状況を気にしても仕方がないであろう。

中央が対処する問題だからだ。

さらに、アキツシマ島の焼き物、織物、工芸品、美術品なども王国領で売られるようになった。

中央に出かけた行商人が仕入れ、それをバウマイスター伯爵家で買い取り、バウマイスター伯爵家が本領や王国領で販売して利益を得ている。

ミズホ公爵領の特産品と共に、リンガイア大陸では珍しいデザインの品ということで好事家（こうずか）の金持ちが高く買ってくれた。

彼らに言わせると、ミズホ公爵領の品とはまた趣が違って面白いのだそうだ。


そんなわけで、特にトラブルもなく静かな生活に戻ったはずだが、なぜかヨネザワ城で恒例となったオヤツの時間になると、エルが逃げ出そうとするようになった。

「なんか居心地悪いんだなぁ……。俺、ちょっと仕事が……」

「こんにゃろ、俺を置いて抜け出すな」

バウマイスター伯爵領内で工事をしている女性陣を除き、ほぼ全員が集まってお茶を淹れ、購入しておいたお菓子を楽しむ時間――。

そこには、ルル、雪、涼子、藤子も加わり、大半が女性で男は俺、導師、ブランタークさん、エルしかいない。

最初は、導師に訓練を受けていた七条兼仲（シチジョウカネナカ）も参加していたが、『女性ばかりで疲れる』と逃げるようになった。

ブランタークさんは、あまり気にしていないようだ。

マテ茶に愛飲しているブランデーを垂らし、カタリーナに毎日窘（たしな）められている。

「お師匠様、飲酒は夜になってからですわ」

「飲酒じゃねえぞ。お菓子の材料に香りづけで酒を入れることは多いだろう？　これも、お茶の香りづけなんだよ」

「その割には、お酒の量が多いようですわね」

「お前さん、俺の妻みたいなことを言うな」

「ヴェンデリンさんは深酒をしませんから、注意する必要がありませんので。お師匠様の奥さんの代わりに注意しているのです。ご心配でしょうから」

「へいへい、わかりましたよ」

カタリーナの注意をブランタークさんは軽くかわしたつもりでいたが、いつの間にか彼が作ったマテ茶五割ブランデー五割の飲み物をリサが飲み干していた。

「こらぁ！　一気飲みすんな！　超高級ブランデーなんだぞ！」

「確かに、酒精は濃かったですね」

「かぁ――――っ、これだから酒の味がわからん奴は」

リサは酒に強いし、味の利き分けにも長けている。

ただ、世間で高価だと言われているお酒を無条件にありがたがることはなかった。

ブランタークさんお気に入りの超高級ブランデーも、古くて酒精が濃い酒程度の認識なようだ。

「バウマイスター伯爵、今日のお菓子は？」

導師は美味しい物が食べられれば問題ないので、周囲に沢山女性がいても気にしなかった。

「ところで、お館様」

「どうかしたのか？　雪」

「実は、三好長慶（ナガヨシ）が死んだという噂（うわさ）が流れてきました」

重病で伏せっているとは聞いていたが、死んだという噂が流れたということは……事実なのであろうか？

「それなにかの策で、実は生きているとかないのかな？」

「エルヴィン殿、中央の三好家からすれば、長慶は生きていた方が都合がいいわけでして、死んだなんて噂を流す必要はないわけです」

「うちが調子に乗って中央を攻めたら、健在なナガヨシがいて俺らは大混乱とか。そんな策じゃないの？」

エルの奴、『死せる孔明（こうめい）、生ける仲達（ちゅうたつ）を走らす』みたいなことを言うな。

「その可能性も否定できませんが、やはり三好家は長慶の死を隠そうとするはずです。なにしろ、三好家は後継者争いがありますので」

後継者を決めずに当主が死んでは、家中が大きく混乱してしまうか。

「三好家は、後継者を決めていないのか？」

「決めていないというか、決められなかったというか……」

雪が説明を始めるが、日本の戦国時代に似ているようで当然世界は違うため、同姓同名の武将でも色々と差異があった。

「長慶の子には、庶兄義興（ヨシオキ）と次男義継（ヨシツグ）がおります」

「よくある後継者争いである！」

「そうですね」

雪は簡潔に、現在の三好家が置かれた状況を説明してくれた。

ようするに、ブロワ辺境伯家と同じか。

「一族や有力家臣がバラバラに義興と義継を支持して、家が割れているわけだ」

「お館様の推察どおりです」

義興には、長慶の弟三好実休、安宅冬康、十河一存と、重臣松永久秀が。

義継には、一族の三好長逸、三好政康と、家臣の岩成友通、内藤長頼が。

完全に真っ二つに割れていると雪は説明する。

「それって、ミヨシナガヨシってのが死んだら大変だな。あっ、もう死んだんだっけ？」


ブランタークさんがそう言ったからというわけではないが、その後、中央で天下人を名乗った当主長慶が死んだ事実は公のものとなり、三好家は完全に真っ二つになった。

だが、その後の行動はさらに斜め上であった。

「えっ？　どうしてそうなるの？　意味がわからない」

「ですから、三好軍が攻めてきました。義継と彼に与した方の軍勢です」

雪が放っている密偵が、三好軍の大軍五千がこのヨネザワ城を目指して進軍中であると報告してきた。

「どうしてなんだろう？　ここは普通、揉めている義興の軍勢と戦うんじゃないのか？　先にうちを攻めるのはおかしい」

「わかりません。とにかく対応をしませんと」

「バウマイスター伯爵、籠城であるか？」

「いいえ、迎え撃ちます！」

この島のバウマイスター伯爵家諸侯軍の動員を解かずに訓練と開発に使っていてよかった。

すぐに三千の軍勢で南下を開始、ヨネザワ城の南二十キロほどの地点で両軍が睨み合う。

「侵略者に告ぐ！　この三好家当主である義継に、秋津洲高臣を寄越すのだ！」

俺たちは最初、どうして義継たちがライバルを無視してまで攻めてきたのか不明であったが、彼が涼子を差し出せと言った時点で、その理由が判明した。

義継はこの島で一番の名族の出である涼子を妻にして、義興に対し後継者争いで優位に立とうとしているのだ。

「嫌です！」

涼子は、すぐさま義継の要請を断った。

「私はバウマイスター伯爵様の妻になる身です！　あなたの元には参れません！」

「……」

断ってくれたまではいいのだが、その理由はどうなのであろうか？

なんか、みんなの視線が痛いんですけど……。

「そもそも、そちらが私たちを中央に住めないようにしておいて、今さらその要求はおかしい！第一、今の三好家の当主は誰なのです？　秋津洲家から嫁を迎え入れるのならば、最低でも三好家の当主でないと。もう一度聞きますが、あなたは三好家の正式な当主なのですか？」

「そうだ！　この三好義継こそが、三好家の当主なのだ！」

「では、義興殿はどうなのです？　三好家が泥沼の後継者争いをしていることなど百も承知！　あなたは、義興殿を納得させて当主の地位についたのですね？」

「それは……」

この義継という若者、雪に理路整然と質問されたら途端にタジタジとなってしまった。

間違いなく、義興とは後継者争いを続けたままなのであろう。

「なあ、坊ちゃんよ。お留守にしておうちは大丈夫か？」

「無礼な！　三好家嫡男であらせられる義継様に向かって！」

ブランタークさんは、最初から強気であった。

俺たちはどうせ余所者なのだ。

それに向こうは天下人を自称している連中で、下手に出ると家臣扱いされかねない。

敵には武将や領主一族に数十名の魔法使いがいるが全然大したことはない。

俺たちは一方に魔族という不安要素を抱えている。よって、力でわからせて早くこの島を平定することに躊躇はなかった。

「魔法を使うんだろう？　かかってきな。でなければ、ションベンを漏らす前に帰りな」

「ジジイがぁ――――！」

「ジジイと言われるような年齢じゃねえよ。失礼な若造だな」

ブランタークさんのわかりやすい挑発で、若い義継は激高した。

「我ら三好一族と、鉄壁の結束を誇る家臣団を舐めるなよ！　余所者の魔法使いの実力、見せてもらおうではないか！」

総大将である義継の命令で、三好軍の軍勢の中から次々と魔法使いが前に出てきた。

彼らは三好家の一族、家臣、服属領主で、この島の魔法使いは偉い人が大半という法則はわかりやすくはある。

「数は多いのである！　しかし、雑魚ばかりなのである！」

「そりゃあ、導師と比べたらみんな雑魚でしょうけどね……」

「三好長慶が天下人を名乗るほど栄達できた理由に、一族や家臣に魔法使いが多いというのがあります」

確かに、雪の説明どおり魔法使いは多いな。

ただし、初級ばかりだけど。

義継は……辛うじて中級の下くらいか？

どちらにしても、よほど油断しなければ負けることはない。

「バウマイスター伯爵、やるのである！」

「えっ？　俺ですか？」

「導師様、俺にやらせてくれよ」

「藤子は駄目！」

急な出陣であったため、勝手についてきてしまった藤子には戦わせないにしても、わざわざ俺が相手にする必要もないような……。

ルイーゼとかヴィルマが、とても戦いたそうにしているし。

「バウマイスター伯爵、連中は犬と同じである！」

一万年以上もこの島の中で過ごしてきたので彼らはとても排他的……かと思ったが、そこまで酷いわけでもない。

北方の領民たちも、バウマイスター伯爵家の支配に従順だ。

まあ、悪政は行っていないし、井戸も沢山掘ったからなぁ……。

「この島では、魔力すなわち権威、権力なのである！」

「ああっ！　逆だったのか！」

俺は勘違いしていた。

この島の領民たちは、お殿様の血筋がいいから従っているのではなく、お殿様が魔法使いだから従っていたのだ。

水がある中央を除くと、この島では硬い黒硬石の岩盤を破って井戸が掘れる者が尊敬され、従うようになる。

近年、秋津洲家の力が衰え島内が群雄割拠状態なのは、新しい井戸を掘れる領主様が現れなかったから。

一応、魔力があるので領主には従うが、そこまでの求心力はなかったということのようだ。

「三好家は、経済力がある中央を、政治力と一族家臣の魔法使いの多さで押さえました」

とはいえ、長慶自体が取り立てて優秀な魔法使いというわけでもない。

彼の組織力で纏め上げていた三好家は、彼の死で分裂したわけだ。

「それを再び纏めるため、バウマイスター伯爵は力を見せなければいけないのである！」

「師匠の仰るとおりです！　お館様の偉大な魔法を見せれば、義継のガキなど！」

ここに、七条兼仲というわかりやすい例えがいるからな。

彼は俺が魔法で倒したら、忠実な家臣になったのだから。

「では、俺が相手をしよう」

「ふんっ！　ガキがあとで吠え面かくなよ！」

「悲しいですね」

「つうか、この島の連中は相手の魔力量を計れる奴が少なすぎる！」

ブランタークさんは、この島の魔法使いのレベルの低さを嘆いた。

でも逆に高いと苦労するから、俺はこれでいいと思うんだ。

俺は週刊連載漫画の主人公じゃないので、次々と強敵と戦うなんてしたくないのだから。

「我ら鉄壁の結束力を誇る！　三好家魔法軍団！」

「へえ、随分と大層な名前だな」

「ジジイ！　そこで茶々を入れるな！」

義継君は若いのであろう。

自慢げに自分が率いている魔法使いたちの紹介を始め、それに呆れたブランタークさんが茶々を入れていた。

戦場を前に自己紹介もどうかと思うが、この島の戦争とはこんなものらしい。

兵力は脅しで、大半は総大将や武将が魔法で勝負をつけるようだ。

血みどろの戦闘をしないで済む分、悪い話ではないか。

それにしても、三好長逸、三好政康、岩成友通、内藤長頼か。

どこかで聞いたような……。

俺は歴史マニアじゃないから、そこまで詳しくないんだよなぁ……。

「火炎魔法を巧みに操る『火奏者』の三好長逸！」

「風魔法の名手『風武者』の三好政康！」

「土魔法の名人『岩弾』の岩成友通！」

「水魔法『水刃』の内藤長頼とは俺のことだ！」

見ていると痛々しいくらいに張り切って自己紹介をしているが、残念ながらみんな初級レベルの魔法使いだ。

宣伝目的や、魔法使いは珍しいから魔法を使える時点で天狗になる人がいるので、ヘルムート王国でもさほど珍しい光景でもなかった。

この島でも、戦となれば将である魔法使い同士が魔法勝負をすることが多いらしい。

派手な自己紹介は、半ばお家芸なのであろう。

中央の三好家ともなれば、余計に目立つ必要があるのであろう。

「導師、恥ずかしいな」

「まあ、某には無理なのである」

ブランタークさんと導師は、彼らの派手な自己紹介を居た堪れない表情で見ていた。

確かに、地方プロレスのレスラー紹介みたいだ。

「じゃあ、そろそろ始める？」

「ふん！　貴様のその余裕もそこまでだ！」

「吠え面かくなよ！」

「我ら三好家の力を思い知るがいい！」

「地べたに這いつくばらせてやるわ！」

それから数秒後、彼らは全員痺れてその場で動けなくなり、率いていた軍勢は全員降伏した。

＊　＊　＊

「畏まりました！　お館様の仰せのとおりにいたします！」

三好義継以下、三好家の半分が降伏した。

この島に来てから四連勝、敵味方共に犠牲者がいないのが救いか。

最初は粋がっていた義継も、今では命令したらすぐに焼きそばパンとコーラを買ってきそうなくらい従順だ。

他の一族や重臣も同じで、今のところはあとで裏切ってやるという風な態度は取っていない。

「導師って、意外と物の本質をちゃんと見ているんだな」

「そうだな」

防衛に出たバウマイスター伯爵家諸侯軍と降伏した三好軍は、そのまま中央へと進軍を開始した。

雪の助言で、このどさくさで中央を押さえた方がいいと言われたからだ。

この島を統治するのであれば、やはり島の中心地である中央の掌握は必要だ。

ビワ湖という水利のよさに加え、政治経済の中心地なので国力も高い。

他の領主に獲られるわけにはいかないというわけだ。

北方は病状がよくなってきた伊達政宗に任せ、俺たちは中央へと軍を進めている。

「俺も中央は初めてだな。『大津』の都は賑やかだと聞くぞ」

政宗が留守居役なので、人質ということで藤子もついてきた。

『藤子は、お館様の傍にいた方がよろしいでしょう。降って間もない私に北方をお任せになられるのですから、ケジメとして人質は必要でしょうし』

『父上の言うとおりだな。俺は人質だぞ』

そう政宗は言っていたが、どう見ても俺と藤子を常に一緒にいさせて既成事実を積み重ねようとしているだけだ。

三好軍に面と向かって俺の妻になると宣言した秋津洲家の涼子、そして俺の補佐でよく一緒にいる細川家の雪にライバル心を抱いたらしい。

ルルも藤子に対抗してついてきており、アグネスたちも俺の傍を離れない。

「お館様、実は私には同腹の妹が……」


「「「「「「……っ」」」」」」


「な、なんでもありません……」

義継が自分と同腹の妹を俺に差し出そうとしたが、涼子、雪、藤子、ルル、アグネス、シンディ、ベッティと女性陣に睨まれ、すぐに発言を引っ込めてしまった。

「ヨシツグ殿、貴殿はアキツシマ殿を妻に迎える方が先では？」

「滅相もない！　私には過分なお話ですよ！」

導師からの問いを、義継は全力で否定した。

彼は若く粋がってはいてもバカではない。

これからこの島の支配者が、バウマイスター伯爵家になることくらいは理解している。

そして、俺の代官としてこの島一番の名族である秋津洲家が代々就任することを。

つまり、秋津洲本家当主涼子は俺の妻になり、彼女が次の秋津洲家当主を産むと理解したのだ。

今のところ具体的な計画はないのだが、彼はそういうものだと思い、自分は涼子を諦め……元々そこまで未練があるようにも見えなかったが……自分の妹が俺の愛妾にでもなれればいいと思ったのだろう。

残念ながら、雪たちのひと睨みで退散してしまったが。

「俺も伊達本家唯一の子だからな。伊達家に適当な男子がいない以上、お館様の子を伊達家の跡取りにして北方領域を安定化させなければいけないのだ」

わずか五歳にして、政略結婚の必要性と意味を理解しているとは……。

伊達藤子、伊達に早い厨二病をわずらっていないようだ……ダジャレか！

「政略結婚とはいいえ、俺はいい妻になるように努力するぞ。エリーゼ殿みたいに女の嗜みもちゃんと覚えないとな」

「ルルも頑張ります」

「私は十分にできますよ」

「私もです」

「……」

涼子と雪、ここで五歳児に張り合ってどうする？

「もう先生ったらしょうがないですね。あまり増やさないでくださいね」

おい、アグネス。

俺は別に好きで増やしているわけじゃないというか、まだ誰も正式に嫁に貰うなんて言っていないんだが……。

「わかっています。先生は優しいですし、お立場もありますから」

「奥さんが沢山いても仕方がないですよね」

ベッティとシンディ。

お前ら、その妙に物わかりのいい奥様的な発言はどうなんだ？

「でも、安心してくださいね。これ以上は増えないように頑張りますから」

「なんか、妹を先生に押しつけようとした人がいますけど……」

シンディに悪巧みを指摘された義継は、そっと視線をそらして口笛を吹き始めた。

こいつも結構偉い奴なんだが、魔法使いとしての力量ではシンディに逆立ちしても勝てないからなぁ……。

どうやらこの島の魔力量至上主義は、導師が思っていた以上のもののようだ。

「少し疑問なのですが、いきなりこのまま中央に進軍して大丈夫なのですか？」

「ヨシツグ殿のお兄さんの軍勢が待ち構えているとかないの？」

カタリーナとイーナは、大した準備もせずに中央へと進撃することが心配なようだ。

義継のライバルであると聞く、三好義興とその支援者たちの妨害を予想したのであろう。

「それなら大丈夫です」

義継の代わりに、彼の重臣である内藤長頼が即答した。

「実は、義興派は西方に兵を出しております」

「そうなのか？」

「ええ、味方を増やそうというお話でして……」

長頼によると、長慶が亡くなる前から三好一族と家臣団によって激しい後継者争いが繰り広げられていた。

両派が味方を増やしていくが、段々と中央の勢力分布は均衡してしまった。

双方がほぼ同数の勢力のため、もし本気で衝突すれば犠牲が大きい。

「元々、中央で戦はご法度です。そこで味方を増やして敵を脅かし、服属領主や家臣の離反を誘うわけです」

「数でビビらせて、敵勢力についた連中の離反を誘うわけか」

戦闘を行うと間違いなく島の経済が崩壊するので大規模な戦をするわけにもいかず、ならばもっと味方を増やして相手を圧倒すればいい。

これが、この島でよく行われる戦なのだそうだ。

そこで、義興派はあまり有力な諸侯もいない西方に兵を出し、義継派はバウマイスター伯爵家の侵攻で名族がことごとく降り、政治的に混乱していると思っていた北方に兵を出した。

北方には、この島一番の名族の娘である涼子がいる。

自分の嫁にすれば、権威も得られると義継は兵を出したわけだ。

「そなたら、ちゃんと偵察はしたのか？」

「テレーゼ殿にそう言われても反論できません……」

混乱していると思われた北方は、俺たちの井戸掘りと、公共工事の連発、外国との交易で好景気に沸いていた。

テレーゼに言わせると、そんなことにも気がつかない天下人の親族はどうかと思ったのであろう。

確かにニュルンベルク公爵はアレな部分もあったが、優秀な軍人であり政治家で、手強(てごわ)い敵だったからなぁ……。

「そこは、我ら三好一族と家臣団、服属領主連合がバウマイスター伯爵家に素直に降るということで御勘弁を」

「それはいいが、中央は抵抗するのではないのか？　義興派であろうか？　留守部隊くらいいるのであろう？」

「それはいいますが、問題ありません」

「随分とキッパリ言い切るの」

「実は、私の兄が大津の守備をしておりまして……私は他家に養子に行ったので姓は違いますが、松永久秀といいます」

「えっ？　松永久秀？」

「はい、それがなにか？」

思わず大声を出して驚いてしまったので、長頼に不振がられてしまった。

松永久秀、俺が子供の頃にやった戦国シミュレーションゲームでは有能ながらも、すぐに裏切るキャラとして有名だ。

将軍を殺し、大仏を焼き、仲が悪い主君の弟を毒殺し、何度も裏切って最後にはお気に入りの茶器と共に自爆した。

ゲームならいいが、ちょっとお近づきになりたくない人物だ。

一緒の席でお茶とか出されても飲む気がしない。

同姓同名なだけで必ずしもそういう人物とは限らないので、先入観を持つのはよくないのだが……。

「兄は、三好家でも一番の魔力の持ち主です。お館様には遠く及びませんが……」

それでも、兼仲、涼子、藤子と同じく中級レベルの魔力の持ち主だそうだ。

「連絡を取りましたところ、お館様の力量に感服し、ならば降ると」

「テレーゼはどう思う？」

これが罠（わな）かどうか、新米成り上がり貴族の俺にはさっぱりわからん。

こういう判断は、元公爵であるテレーゼに聞いた方がいい。

「ヴェンデリン、なにを躊躇（ためら）う。これを機に、この島の政治と経済の中心地である『オオツ』とやらを押さえればいいのだ。そのマツナガなる者が手引きしてくれるのであろう？」

「はい」

「ならば、あとは行くのみ。マツナガとやらが心からヴェンデリンに従うのであれば問題ない。もしなにか企(たくら)むのであれば……」

「企むのであれば？」

「この軍勢に上級魔法使いが何人いると思っている？　即座に撃破して、マツナガとやらが一人目の戦死者になるだけであろう？　ここまで犠牲ゼロというのが奇跡なのじゃ。奇跡とはなかなか続かぬもの。ヴェンデリンは気にするでない」

「……いいえ、兄は心からバウマイスター伯爵様のお力に心服しておりますので！」

テレーゼの脅しを込めた警告に、三好家中でも猛将と呼ばれた長頼の顔は真っ青であった。

＊　＊　＊

「お初に御目にかかります。松永久秀と申します。……これはお噂どおりですな」

降伏した三好軍と合わせて八千の軍勢は、そのままの勢いでビワ湖沿いにある島の中心地『大津』へと到着した。

大津はこの島の中央部のさらに中心にあり、ビワ湖の岸沿いに広がっている。

ビワ湖の水運の中継地でもあり、水利を生かした大稲作地帯から大量に米が集まり、他の地域にも出荷されていた。

ここを押さえた三好家が、天下を取れて当たり前の立地なのだ。

大津の町は人口が十万人ほど、中央の人口の半分はここに住んでいる。

中央地域だけで島の人口の半分が住んでいることになり、中央の力が強いことの証明でもあった。

大津にはビワ湖と政庁に隣接した場所に大きな城があり、ここが三好家の居城であった。

今は、守護をしていた松永久秀が降伏してバウマイスター伯爵家のものになっている。

「義輿派の抵抗とかはなかったのか？」

「ありましたが、お館様の魔法を見たら静かになりました」

実は、この城に入る前に長頼から頼まれて、大津城の上空で巨大な『火球』魔法を打ち上げたのだ。

見た目だけ派手でお飾りの魔法であったが、中級魔法使いには到底不可能な魔法。

大津の住民たちはこの『火球』に度肝を抜かれ、久秀は城や政庁にいたすべての三好家家臣や一族に『長慶様をも上回る天下人の登場だ！』と触れ回ったらしい。

長年、三好家の支配が及んでいたはずなのに、みんな随分とあっさり降ったものだ。

「この島の名族、領主階級は危機感を抱いておりました」

段々と魔力量の多い魔法使いの数が減り、今では中級でも天才扱いされてしまう。

ついには三好家の子供ですら中級に届かず、長慶は死の床で将来を悲観していた。

そのため、どちらを跡取りにするか決断する前に意識を失ってしまい、後継者争いの混乱が広がってしまったようだ。

「バウマイスター伯爵様がこの島の主となり、我々が臣としてその統治を支える。それでいいではありませんか」

「お主もそうだが、この島の領主はみんな素直じゃな。『土地は黄金』と、我が祖父などはとても拘って(こだわ)おったが……」

「この島は、私の見立てではあと数十年で詰んでおりましたからな」

久秀は、自分なりにこの島の未来に危機感を抱いていたらしい。

土地はまだもう少し余裕があるが、水はすでに限界であった。

中央にはビワ湖があるからいいが、地方は次第に枯れる井戸が増えて領主同士が水を争うことが多くなった。

海に出ようにも、サーペントの巣が多すぎてどうにもならない。

魔導飛行船などは、先祖がこの島に持ち込まなかった。

大昔に失った技術の再開発もなかなか進まず、このままでは人減らしのために戦が行われるかもしれなかったのだと。

「幸いにして、この島の住民は強大な魔力を持つ者に敬意を払い、従う者が多いのです」

この島の魔法使いは、みんな名族や領主の一族だ。

その魔法使いが領主様なので、自然と素直に従う習慣があるのであろう。

「とにかく、今が一番不安定な時だ。中央に混乱を起こさず統治しなければいけない」

そこからは忙しかった。

三好家の統治をバウマイスター伯爵家の統治にするため、俺たちは奔走することとなる。

ある程度の防衛、治安維持用の兵力を残しつつ、多くの兵士を町や農村に戻した。

人口約二十万の中央で、義興派と義継派がそれぞれ約五千ずつ徴兵してしまったのだ。

こんな兵数を維持し続けたら、この島の経済が破綻してしまう。

三好一族と家臣、服属領主は代官に任じて戻し、大津城や政庁に仕える文官の給料も保障した。

まあ、そちらは雪、義継、久秀などが主に行っていたが。

涼子とエリーゼは、新領主のイメージアップ作戦の一環で魔法による無料診断と治療を行い、俺たちは今、ビワ湖の畔（ほとり）にいる。

「バウマイスター伯爵、これは水田なのか？　みんな、腰まで泥に埋まっておるぞ」

農業指導を行う魔族を率いた魔王様は、ビワ湖沿岸の名物である『深泥田（ふかどろた）』を見て驚いていた。

俺たちが思うような水田ではなく、農民が泥に腰まで浸（つ）かって農作業をしていたからだ。

「これでは、農作業が大変ではないのか？」

本当は気候が温かいので三期作も可能なのに、条件の悪い深泥田では年に一度しか米が採れないそうだ。

まずは、ビワ湖の徹底的な治水、沿岸の深泥田を通常の田んぼに改良、ビワ湖から流れる支流の掘削と、洪水対策用の治水、用水路の掘削、中央にもビワ湖の恩恵がない地域があるので井戸も掘らないといけない。

魔法使いは分散してそれらの作業にあたることになった。

「あたいも、できる限りは手伝うよ。放出系とか、こういう工事の魔法は苦手だけど」

今日は、カチヤが俺の護衛として傍にいた。

「兄貴がさ、オーケーしてくれたんだ」

「それはよかった」

農業指導では、カチヤの兄ファイトさんも手伝ってくれることになった。

この島には山もあり、その斜面は朝晩涼しくなる。

マロイモも栽培が可能であり、その技術指導をしてくれることになったのだ。

「カチヤの兄君には、我らも指導してほしいな。勿論(もちろん)、報酬は弾むぞ」

農業技術では魔族の方が進んでいたが、中には例外もある。

魔王様によると、魔族の国でもマロイモほど甘くて美味しい芋は存在しないという。

これを独自に栽培し、利益になる商品作物を確保したいようだ。

「村の傍にある山の斜面を利用して栽培したいのだ。ありきたりな作物を栽培しても売れぬのでな。栽培に手間がかかる？　好都合じゃ。高値で売れて利益を得やすい」

「あの兄貴が、魔族の国に行くかな？」

「そこをなんとか説得してくれ。我らも、この島の農業指導で貢献しているのだから」

魔王様は、お飾りだという割には積極的に仕事をしているように見えた。

「海外旅行だと思ってとか」

「兄貴、領外に出たことすら少ないからなぁ……」

あのトンネル騒動で領地が移動したが、そこでもほとんど領外に出ない生活をしているそうだ。

毎日、マロイモの畑で作業をしているらしい。

しかも彼はマロイモの栽培が三度の飯よりも好きだから、それが全然苦じゃないんだよな。

「頼んでみるけど。それよりも、大丈夫なのかな？　旦那」

「なにが？」

「いや、ほら。ミヨシの連中は二つに割れているんだろう？」

後継者争いで割れた三好義興派は、味方を増やすために西方に兵を出した。

まさか、北方に兵を出したライバル義継が呆気（あっけ）なく降伏し、俺たちと一緒に電光石火で中央を押さえたのは予想外であろう。

挙句に、義興派の実力者であった松永久秀まで俺に降伏してしまった。

見事に梯子（はしご）を外された彼は西方で孤立しているので、いつ中央の奪還を目指して兵を送ってくるか？

カチヤは、それが心配なのであろう。

「それが、軍勢が崩壊してしまったみたい」

久秀の報告である。

中央がバウマイスター伯爵という強大な魔力を持つ支配者のものとなり、義継も降伏してしまった。

大津に残っていた義興派も同様であり、その情報が次第に西方遠征軍に伝わると、まずは中央に領地がある服属領主たちが軍勢ごと離脱してしまった。

彼らは元々、すぐに強い方に靡（なび）く習性がある。

若い義興では、彼らを留（とど）め置くことができなかったようだ。

帰還した彼らは、久秀の仲介ですぐに降ってしまった。

服属領主たちが抜けると、今度は俺に降伏した義継を頼って降る一族や家臣が増えていく。

こうして櫛（くし）の歯が欠けるように、義興の軍勢は減っていった。

今では、五百人も残っていないそうだ。

「それは可哀想だな」

「『最後の意地を見せてやる！』って突っ込んでこないかな？」

「それはないと思います」

「それは久秀と同じ意見か？」

「はい」

実は、俺の世話役という名目で久秀の娘、唯が俺につけられていた。

魔法は使えないそうだが、彼女はなかなかに優秀だ。

雪と連絡を取りながら、俺の傍で様々な仕事を行っているのだから。

年齢は俺の一個上だそうだ。

一見怜悧なイメージを感じさせる女性だが、話をしてみると話題も豊富で面白い。

俺とも話が合い、エルの下らない冗談でも笑ってくれて、笑顔もとても魅力的であった。

女性なので警戒していたが、俺を誘惑するようなこともないので安心して傍における。

「これからどうなるかな？」

「父は、もうそろそろ困って降伏するのではないかと」

「そうなのか？」

弟と後継者争いをしていたら、いきなり余所者に領地を奪われてしまった。

理不尽さを感じて戦を仕掛けてきそうな気がする。

「それをしようとすると、残っている家臣にも愛想を尽かされますので」

「久秀がそう言うのであれば……」

ところが、珍しく久秀の予想が大きく外れた。

なんと義興は、追い詰められたがゆえに火事場のバカ力を発揮、西方の諸侯を説得して五千ほどの軍勢で中央に攻め寄せてきた。

これには、さすがの久秀も驚きを隠せなかった。

「三好義興って優秀なんじゃゃ？」

「庶子ということで侮る家臣もおりまして、反骨心の強いお方です」

「なににせよ、迎撃しないとな」

まだ開発は終わっていないのだが、敵軍を放置するわけにもいかない。

動員を解いていない五千ほどの軍勢で、西から攻めのぼってくる義興軍と対峙した。

「ふんっ、無駄な抵抗を」

「降った男が偉そうに！」

「バウマイスター伯爵様こそが、父長慶の跡を継ぎ天下人となるお方なのだ！」

「外からの侵略者に呆気なく降りおって！　お前みたいな臆病者に、三好家の当主など務まるものか！」

「務まっているわ！　お前こそ、時世も読めずに西方の軍勢を集めおって！　中央を荒らす気か！」

俺に降った義継は、兄である義興と盛大に口喧嘩を始めた。

「ストップ」

「お館様」

「俺が出ればいいのであろう？　三好義興殿。魔法で勝負しないか？　貴殿が勝てば北方も含めてすべて貴殿のもの。俺が勝てば逆だ」

「受けよう！」

俺からの魔法勝負の呼びかけに、義興はすぐに了承した。

「愚かなる弟め！　俺は庶子のため、常にお前に与(くみ)する家臣たちに蔑(ないがし)ろにされておった！　魔力もお前より少ないとな。だが、それはこういう時のためにわざと魔力を隠していたのだ！　本当の俺は中級魔法使いなのだ！」

なるほど、その隠していた魔力を見せつけて西方諸侯を従えたわけだ。

本妻の弟よりも魔力が多いのを隠していたのは、後継者争いの中で暗殺される危険性を考慮したのかもしれない。

「見よ！　この父、長慶譲りの『竜巻』を！」

「「「「「「「「「「おおっ！」」」」」」」」」」

今まで有力者がいなかった西方の領主たちは、元天下人、三好長慶の息子義興が作り出す魔法の竜巻の大きさに大きな歓声をあげた。

「まあ、五十二点ですわね」

「そんなにあるか？」

「中級魔法使いながら、『竜巻』の密度や形状、出現させるまでの時間などに努力の形跡が見られますわ」

「それを入れると妥当なところかな？」

「お師匠様は、時に辛口すぎるのです」

ブランタークさんとカタリーナは、二人で義興の『竜巻』魔法の評価を始める。

よく見てみると、デカイ口を叩くだけのことはあるのだなとは思う。

今までのこの島の魔法使いの基準でいうと、十分に天才という評価は下せるのだから。

「若殿、敵はあまり驚いていませんが……」

「ふんっ！　衝撃のあまり、なにも言えぬと見えるわ！」

「そうなのですか」

「さすがは、義興様ですな」

数少ない義興の家臣と西方諸侯たちは、俺たちが義興の魔法でビビっているのだと思い、これはもう勝ちだと大笑いしていた。

「ヴェンデリンさん、勘違いも甚だしいですわね」

「『井の中の蛙（かわず）、大海を知らず』ってね」

「その言葉は初めて聞きますわね」

「バウマイスター伯爵様は、この島のことわざまでご存じなのですか」

久秀は、俺がこの島のことわざを知っていたのでえらく感心していた。

本当は、日本のことわざと同じだったからだが。

「基本、風系統の魔法は普通にしか使えないんだが、なんとかなるか」

「ヴェンデリンさんの魔力でしたら、問題ないと思いますわ」

まずは、義興の自信の源である、あの『竜巻』を消してしまうことにする。

こういう場合、普通は相反する系統をぶつけて消すのが正しい。つまり、風魔法に対しては土魔法だが、竜巻を消せる土魔法の調整が面倒なので避けたいところだ。

そこで、竜巻の習性を利用することにした。

義興の『竜巻』とは逆に回転する『竜巻』を作り、それをぶつけて消してしまおうとしたのだ。

「威力が小さくて逆に難しいな……まあいいや」

一旦(いったん)、義興の『竜巻』を打ち消し、それからもっと威力のある『竜巻』を作って脅そうとしたのだが、二度手間になるのでいきなり巨大な『竜巻』を作ってしまう。

「ふんっ、大きさだけは立派だな！」

義興は一瞬俺が作った『竜巻』にビビったようだが、すぐに大きさだけだと判断して再び余裕の笑顔を浮かべた。

というか本当に、この島の魔法使いたちは相手の魔力をちゃんと察知できるようになった方がいいと思う。

「若殿、きっと大きさだけで、中身はスカスカなのでしょうな」

「大方そんなところであろう」

彼らが笑っていられたのは、ほんのわずかな時間だけであった。

義興自慢の『竜巻』は、俺が作った『竜巻』と衝突すると呆気なく消滅してしまったからだ。

「なっ！」

「若殿？」

「なにかの間違いだ！　もう一度！」

義興は急ぎもう一つ『竜巻』を作って俺の『竜巻』にぶつけたが、結果は同じであった。

彼の『竜巻』はすぐに消えてしまう。

「もっと大きくできるぞ」

俺は、自分で作った『竜巻』をさらに大きくした。

そして義興の前に移動させ、彼に降伏を迫る。

「みんなで『竜巻』に巻かれて空まで行くか？　落ちる時は自由落下だが」

「……」

「義興様？」

「すいませんでしたぁ――――！」

ようやく俺に勝てないと悟った義興は、その場で土下座をして降伏した。

これに彼の家臣と西方諸侯も続き、俺はアキツシマ島西方もその勢力圏に収めることになるのであった。

幕間一　豊胸薬

「ななっ！　こっ、これは！」


　ヴェルが現在平定中のアキツシマ島(トウ)の中心地『オオツ』。そこには、この地域を支配していた三(ミ)好(ヨシ)家が収集した、古今東西の書籍を集めたとされる『オオツ文庫』があった。

　そこでイーナちゃんと暇潰(ひまつぶ)しに本を読んでいたら、とんでもない情報を入手してしまった。

「どうかしたの？　ルイーゼ」

　この島でも恋愛物の書籍……あるんだよねぇ、不思議なことに……に熱中していたイーナちゃんが、なにかあったのかと、本を読むのを中断してボクに尋ねてきた。

「イーナちゃん、これを見てよ！」

　アキツシマ島にも魔物はいるのかなと、この島の動植物図鑑を見ていたら、そこにとても興味を引かれる植物が掲載されていたのだ。

「『アキツシマ草、この島の名を冠した植物であるが、滅多に見つけられない』だって」

「いわゆる幻の植物かしら？」

　珍しいがゆえに、あえてこの島の名前を冠したという感じかな？

「数年に一度は、発見報告があるって書いてあるよ」

　でも問題はそこじゃない。

この滅多に見つからないアキツシマ草だけど、とある薬の材料になるって書かれていたんだ。

「万病に効く魔法薬の材料になる？　胡散(うさん)臭いわねぇ……。ヴェルやエリーゼが言うには、そういう魔法薬はなくもないみたいだけど、伝説レベルらしいわよ」

どんな症状にも効く魔法薬なんて、そうそう存在しないか。

そんなものが簡単に作れたら、世の中にあんなに沢山の種類の魔法薬は存在しないからね。

「でもさ、アキツシマ草は数年に一度しか見つからない貴重な植物だよ。これを使った魔法薬だったら効き目あるのかも」

「あるかもしれないけど、ルイーゼがそんなものを手に入れてどうするのよ？　健康そのものじゃない」

「実は、目的の薬は別にあるけどね」

ボクは、もう一冊の本を読んでいた。

いわゆるお子様禁止の本なんだけど、この物語の中に主人公を籠絡(ろうらく)するため女性キャラが魔法薬で胸を大きくするってお話があったのさ。

「物語の魔法薬でしょう？」

「それが実在するんだってさ。ほら」

さらに別の、アキツシマ島で製造可能な魔法薬について記載された本を見ると、本当にアキツシマ草を原料とする豊胸薬は実在したのだ。

これは世紀の大発見だね！

「ねえ？　本当にあるでしょう」

「本当に書かれている……。主原料のアキツシマ草が見つかりにくい。もし見つかっても、他の魔法薬の材料として使われてしまうわけね」

胸なんて小さくても健康に影響ない……ボクには影響大だ！

エリーゼ、カタリーナ、テレーゼ、リサ……みんな胸が大きいからね。

カチヤとヴィルマにも負けているし、フィリーネやアグネスたちにも……もう抜かれているか。

将来ルルやフジコにまで抜かれたら、ボクはもうどうすれば！

「そういうのって生まれついてのものだし、ヴェルはあまり気にしていないというか……、考えすぎじゃないかしら？」

そして、物心つく頃から一緒のイーナちゃん。

イーナちゃんは胸は普通だって言うけど、普通でもボクには眩しすぎるよ！

「大体いつもイーナちゃん、胸は普通で十分って言っているけど、それは本当かな？」

「なによ急に……」

「本当は、もっと胸が大きい方がいいと思っていない？」

「そんなことはないわよ。胸が大きすぎると槍が扱いにくいもの」

「胸が大きくなったら、大きくなったなりの対応をすればいいじゃん。イーナちゃん、正直に言ってごらん」

自分の本心を隠すことなく正直に、親友であるボクに話してごらん。

そうすれば、きっと明るい未来が見えてくるよ。

「ヴェルも喜ぶと思うな。ヴェルってば、やっぱり巨乳が好きだから」

ボクも好きだけどね。

欲しいものにはなかなか手が届かないのが現実だけど、ようやくヒントが出てきたんだ。

詳しく調べて、入手可能なら頑張らなければ。

「もう少しあった方がいいかも……」

「だよねぇ」

イーナちゃんも、そう言うんじゃないかと思ってたんだ。

意見の一致を見たので、早速二人で本を詳しく調べ始めた。

「これは入手が難しいわねぇ……」

イーナちゃんが、アキツシマ草なる薬草の生態について調べていく。

「『アキツシマ草の種子はいまだに特定されておらず、数年に一度だけ夜明けと共にわずか一時間ほどで成長して花まで咲く。そして、その日の日没までには枯れてしまう』だって」

「儚(はかな)い薬草だね」

「わずかな時間で成長して花まで咲いてしまうからこそ、万病に効くのかも」

「そして、胸を成長させるんだね」

本当に効果があるような気がしてきた。

これは期待できるよ。

「問題は、どこに生えているかだね。有名な生息地とかあるのかな？」

「え――と。それはないみたい。『砂地と石が混じった栄養がない土地、他にあまり草木が生えていない場所で見つかることがある』と書かれているわ」

「この島にそんな場所あったかな？」

「そうねぇ……こういう場合は、この島の地理に詳しい人に聞くべきよ。私たちは余所の人間だもの」

「それもそうだね」

こういうことは地元の人間に聞くのが一番。

というわけで、ボクとイーナちゃんはとある人物の下へと向かうのであった。

「アキツシマ草ですか？　何回か採ったことはあります。俺は狩猟で人気のない場所によく行きますし……」

ボクとイーナちゃんは、導師との特訓を終え一息ついていたカネナカに声をかけた。

「本当？」

「金になるので、見つけたら採取して商人に売っていましたから」

彼は元北方の一領主であり、以前北方は水が不足しやすい場所だったから、ボクはここにアキツシマ草が生える場所があると予想したんだ。

「アキツシマ草は、やっぱり北方に生えることが多いのかしら？」

「北方は、水不足になりやすかった土地ですからね。つまり土地が乾燥しているので、アキツシマ草の生育に最適な場所が多いわけです。逆に、中央や南方ではほとんど発見されたという話を聞きませんね。行商人の話によると、ですが」

イーナちゃんからの質問に、カネナカは律儀に答えていた。

「旧七条(シチジョウ)領の南に、砂地に小石が混じった無人の土地があるのです。いつもそこに獲物を追い込んで狩りをするのですが、その時に稀(まれ)に見つかります。実は俺が、この島で一番アキツシマ草を見つけている人間かもしれません」

カネナカが初めてアキツシマ草を見つけたのは、今は亡き父親と初めて狩りに出かけた五歳の時、次は八歳の時、続けて十一歳の時、最後は十五歳の時に見つけたという。

見つけたアキツシマ草は、とても高値で商人に売れたそうだ。

「四回見つけたら凄(すご)い方なんだ」

「毎日そういう土地に出入りしても、一回も見つけられない人の方が多いですからね。俺は運がいいのでしょう」

「それはいいことを聞いたね。案内して」

「はい？」

「これから案内して」

どうやら、カネナカがよく狩りに行く場所に生えるみたいだね。

ならば、彼に案内してもらった方が見つかる可能性が高いわけだ。

「ルイーゼ、もう日が暮れているから、今から出かけてもアキツシマ草は枯れちゃってるんじゃないの？」

そうか、日が暮れると枯れちゃうんだよね。

となると、明日は早朝から出かけないと駄目か。

「カネナカさん、アキツシマ草の生える季節とかはあるのですか？」

「いえ、いつ生えるかは神のみぞ知るというのが昔からの言い伝えです。私が見つけた時も、季節はバラバラでしたから」

この島は四季の差が少ないからか、特定の時期に集中して生えることはないみたいだね。

「明日、つき合ってよ」

「明日はお休みですし、狩猟をしてもいいのならつき合いますけど」

「ありがとう」

「いえ。あなた方はお館(やかた)様の奥方様ですから。それに、アキツシマ草は万病に効く魔法薬の材料。病に苦しむ人たちのため、アキツシマ草を探そうというのですから、当然協力しますとも」

「頼むね」

まさか胸を大きくするためとは言えない……。

どうせアキツシマ草が見つかったら魔法薬の調合を頼まないといけないのでバレるけど……その時はその時だ！

こうしてボクたちは、エリーゼのような豊かな胸を手に入れるため、カネナカの案内でアキツシマ草探索に出かけるのであった。

＊　＊　＊

「いいことを聞いちゃった」

万能薬の材料となる貴重な薬草、そして胸も大きくできる。

私はまだ成長期だけど、エリーゼ様、カタリーナ様、テレーゼ様、リサ様など。

彼女たち並みの大きな胸が手に入れれば、先生は私にメロメロになるかもしれない。

まだ先生は師匠と弟子の関係を崩したくないように見えるけど、私は早く禁断の関係を経て、公然の関係に持ち込みたい。

アグネスちゃんも十五歳になってから焦っているみたいだし、シンディちゃんはこの前、胸が大きくなる体操があると言って変な踊りを踊っていた。

ここは三人でアキツシマ草を発見し、豊かな胸を手に入れなければ。

「そんな魔法薬があるんだ。勉強不足だったわ」

「もうほとんど効果がない豊胸体操をしなくても済むんだね」

「シンディがやっている体操はルイーゼ様直伝のやつだから、効果がその……」

ルイーゼ様、私たちよりも胸がないからなぁ……。

シンディちゃんも、根拠の怪しい体操やトレーニングなんてやめれば……姿勢がよくなったり、ダイエットには効果があるから、別にやめなくていいと思うけど。

「私はまだこれからだよ！」

「それを言ったら、アグネスちゃん以外は？」

「私もまだ十五歳だから！」

年齢的にまだ大きくなる余地はあるけど、聞けばエリーゼ様は私くらいの年齢の時にはもう胸が大きかったという。

ルイーゼ様が言っていた。

初めてエリーゼ様と出会った時の衝撃を！

つまり、今の時点でこの程度だと、私たちの将来もたかが知れているというわけだ。

「だから魔法薬でブーストするのね。でもベッティ、自分一人で探しに行かないの？　上手くいけば一人だけ胸が大きくなれるのに」

「土地鑑がないうえに、一人で探索するだなんて。それに私たちは一蓮托生だよ！」

私たち三人は、一緒に冒険者予備校で先生から魔法を教わった仲だもの。

三人で一緒に頑張って、先生の奥さんになれた方がいいに決まっている。

「ベッティ……」

「ありがとう、ベッティ。私のお花の知識が生かせるといいな」

アグネスちゃんとシンディちゃんも私の提案に賛同し、三人でその不思議なアキツシマ草とやらを探しに行くことになった。

幻の薬草らしいから、ちゃんと見つかるといいな。

＊　＊　＊

「……ルイーゼ、はしゃぎすぎだったんじゃない？」

「嗅ぎつけられたかな？」

「みたいね」

「ライバルができてしまったね」

翌日の早朝。

まだ太陽が昇っていない時間に、ボクとイーナちゃんはカネナカの案内で北方にあるアキツシマ草が見つかったことがあるという場所へと向かった。

向かったんだけど……誰かがついてくるね。

人数は三人……こちらが目視できない距離の上空に反応があるから、きっとアグネスたちだ。

あの三人も、ボクほどじゃないけど胸がささやかだからね。

イーナちゃんの言うとおり、ちょっと話し声が大きかったかな？

「合流する？　人数が多いほど見つかる確率は上がるわよ」

「それはそうなんだけど……ねえ、一本のアキツシマ草で何人分くらいのお薬が作れるものなのかな？」

「どんな薬かにもよりますけど、ルイーゼ様はなんの薬を作ろうとしているのですか？」

「「……」」

カネナカの問いに、ボクとイーナちゃんは一緒に黙り込んでしまった。

まさか、ヴェルでもない男性に胸が大きくなる薬が欲しいなんて言いにくいもの。

「ちょっと言いにくいなぁ……」

「言いにくい……それはつまり、難病に苦しむ人たちを驚かせるべく、極秘裏に魔法薬の材料であるアキツシマ草を探しておられるからですね！」

「まあね……」

カネナカが勝手に勘違いしているけど……真実とは案外、言いにくいものだね。

「そうですね……よほど特殊な薬でもなければ、一本見つかれば二、三人分にはなるはずです」

勘違いしたままのカネナカが教えてくれた。

となると、アキツシマ草が一本しか見つからなかったことを想定して……話を聞く限り一本しか見つからないケースが多いから……アグネスたちと組むのは愚策だね。

最悪、完成した魔法薬を巡って壮絶な争いが起こるかもしれない。

素直に後輩に譲れるほど人間もできていないし、ならばアグネスたちよりも先に見つけてしまうしかないね。

なにより、ボクが一番胸がないという事実に変わりはないんだ。

子供を産んでもその状況に変化がなかった以上、そう簡単にアキツシマ草は譲れない。

「アグネスたちがどんな意図でアキツシマ草を探しているのかわからないけど、喧嘩なんてしたらヴェルに呆れられてしまう。それにアグネスたちは、ボクたちに見つからないようにアキツシマ草を探すつもりみたいだ。堂々と探せるボクたちの方が有利だと思う」

「そんなに簡単に見つかるものでもないのですが……アグネス様たちはどうしてコソコソとアキツシマ草を探しているのでしょうか？」

「なにか新しい魔法薬の研究に使うのかも。失敗すると恥ずかしいと思う人もいるから、こっそりと材料を探しているんだよ、きっと」

「なるほど、そういうことですか。俺は魔法薬なんて作らないので知りませんでした」

我ながら、苦しい言い訳だなぁ……。

カネナカだから信じてくれたのかも。

「しかしながら、必ず見つかるというものでもなく。見つからない方が多いものなので、過度の期待はされない方が……」

そう都合よくアキツシマ草が見つかるかカネナカが心配そうだけど、ボクには秘策があるからね。

「秘策ですか？」

「ボクは魔闘流の使い手。魔力の反応には敏感だから」

本の記述によると、アキツシマ草はちょっと特殊な植物だから、他の草木と魔力の量や反応に違いが……普通の草木よりも魔力が少ないということはないはずだ。

感覚を極限まで研ぎ澄まし……ここは砂と小石だらけの場所だから、あまり生物の反応がないね。

このごく小さい魔力反応は、草や小木の反応。

これよりも大きな反応を……数百メートル先にあるけど、これは動いているから鹿か猪だと思う。

「こうやって、小さな反応を見つけて確認していくわけだ」

ボクだからこそできる技ってやつだね。

「凄いものですな。師匠にもできないですよね？」

「そうね。ルイーゼって、導師に格闘技の基本を教えたくらいだから」

「そうなのですか。とてもそうは見えませんが……」

カネナカめ、失礼な！

こんなに大人なボクに向かって！

あとで罰ゲームだ！

「これかな？」

ようやくそれらしい魔力反応を見つけたので、ボクたちは急ぎその場所へと向かう。

しかし残念ながら、アキツシマ草の反応ではなかった。

「熊？」

「珍しいですね……ここに肉食の獣がくることは滅多にないのですが……俺が倒してきます」

ボクが見つけた熊は、導師によってさらに鍛え上げられたカネナカにより一撃で殴り殺されてしまった。

「導師にそっくりね」

「本当だね、イーナちゃん」

当然ボクにもできるけど、熊を殴り殺すというジャンルでのパイオニアは、やっぱり導師だよね。

今そこに、カネナカも加わったわけだ。

「久々に熊が獲れました」

解体している時間はないので、カネナカは大喜びで殴り殺した熊を自分用の魔法の袋に仕舞っていた。

「今度はアキツシマ草だといいですね」

「今度こそ……」

ボクたちは、次々とそれっぽい魔力反応があった地点に移動するのだけど……。

「鹿ね……」

「たまたま動かなかったのですな」

その場で草を食んでいた鹿だったり……。

「今度は猪かぁ……」

木の根を掘り起こして食べている猪だったりと、カネナカは成果が増えて嬉しそうだけど、肝心のアキツシマ草がまったく見つからなかった。

「駄目ね。やっぱり一日じゃ難しいのよ」

「そうですね。俺も何度もここに通って四度しか見つけていないのですから」

「ううっ……アグネスたちは見つけたかな？」

こちらが苦労して見つからないのに、アグネスたちに先を越されたらなんか悔しいじゃないか。

二本見つかって彼女たちから分けてもらえるなんて奇跡、まずないだろうし。

「カネナカは獲物が大量でいいよね」

「ははは！　ルイーゼ様の『探知』は凄いですな」

魔法のみならず、魔闘流も利用した探知だからね。

ブランタークさんの『探知』にそう劣るものではないから。

「アグネスたちは、従来の魔法を使った『探知』だけでしょう？　発見は難しいんじゃない？」

そうだよね。

アグネスたちはヴェルから魔法の指導を受けているけど、ヴェルよりも『探知』に優れるようになったという話は聞かない。

ブランタークさんなら、もしかしてアキツシマ草の敏感な気配を感じ取れるかもしれないな。

最悪、彼に頼んでみようかな？

問題は、どうやってボクたちが豊胸薬の材料を探しているという事実を知られないように頼むか。

バレたら大笑いされてしまうのだから。

「そんなの嫌よ」

「どうして？　イーナちゃん」

「絶対に、根掘り葉掘り聞かれて笑われるもの。隠すなんて難しいわよ」

相手は、あのブランタークさんだからね。

アキツシマ草の使用用途を隠しきるのは難しいか……。

「しょうがない。ならば確実にボクたちが見つければいいんだから、もっと感覚を研ぎ澄まして見つけるんだ」

「また獲物なら歓迎です」

「猪や鹿はもういいよ。もう沢山獲れたじゃない」

「いくらあっても足りませんよ。今は領主ではないですが、親を早くに亡くしたり、農地が狭くて貧しい暮らしをしていたりする領民に、たまに心配なので獲物を配っており、獲物はいくらあっても構わないのですから。今はお館様のおかげで徐々に暮らしもよくなっておりますが」

「「ええ――――っ！　似合わない！」」

思わず、イーナちゃんと声が重なってしまった。

カネナカがそんなことをしていたなんて。

でも、確かに統治能力には疑問符がつくけど、領民たちからは好かれていたのを思い出した。

「別に、いいじゃないですか……」

しかも、意外と繊細だった。

ボクとイーナちゃんから似合わないと言われたカネナカは、暫く落ち込んでしまったのだ。

可哀想なので二人で慰めた結果、少し余計な時間を費やしてしまうのであった。

＊　＊　＊

「先生から習って鍛えていた『探知』だけど、まだ修行が足りないのかも」

「それっぽい反応はないなぁ。二人と同じ」

「反応なし。シンディちゃんは？」

「アグネスちゃん、どう？」

ルイーゼ様とイーナ様は、このアキツシマ島で採れる希少な薬草をもう見つけたのだろうか？

まだオオツに戻っていないから、見つかっていないと信じたい。

そんなに簡単に見つからないって話だから、私たちが先に見つけないと確率的に難しくなってしまう。

「二人から離れて探しているけど、もう勘付かれているよね？」

「アグネスちゃん、ルイーゼ様に見つからないってのは難しいよ」

「それもそうね」

でもそれは問題じゃない。

要は私たちが先に、アキツシマ草を見つければいいのだから。

そして、それを用いた魔法薬で胸が大きくなる。

するとエリーゼ様のようになって、先生が私たちにメロメロになるという寸法だ。

絶対に見つけないと。

「でも難しいよね。今までの成果は、雑草、小木、猪一匹とウサギが三匹」

小さい魔力反応だと草木であることが多く、少し大きいと猪だったりウサギだったりした。

お肉は獲れたけど、今日の目的は貴重なアキツシマ草だ。

「シンディちゃん？　どうかしたの？」

シンディちゃんは難しそうな顔をしながら目を瞑(つむ)っていた。

『探知』の範囲を広げようとしているのだと思う。

「……ちょっと変な反応があるの」

「変な反応？」

「ちょっと大きくて。言葉では説明できないけど、他とは違う反応で動かないから植物かなって」

「どこどこ？」

「西の方」

「本当だ！」

シンディちゃんに教えられた地点を『探知』で探ると、確かに説明は難しいけど変わった魔力反応がある。

アグネスちゃんも私と同じ魔力を探知したみたい。

「アキツシマ草かもしれないね」

「急ぎましょう！」

「そうだね」

私たちはそれが探しているアキツシマ草かもしれないと、急ぎ反応があった地点へと向かった。

＊　＊　＊

「……ボクとしたことが……。この手の『探知』で、アグネスたちと互角だったとは不覚だね」

これまでハズレばかりだったアキツシマ草探索だったけど、ようやくそれっぽい反応の探知に成功して現場に急いだら、アグネスたちとほぼ同時刻に到着、獲物を挟んで等距離で対峙してしまった。

まさか、ヴェルの弟子たちに不覚を取るとは。

「カネナカさん、この草がアキツシマ草なのですか？」

「はい」

しかもイーナちゃんの問いに対し、この中で唯一アキツシマ草を知っているカネナカが、砂地に一本だけ生えている紫色の変わった花がそれだと断言する。

決して大きな魔力反応ではないけど、説明しがたい変わった魔力反応を持つから、これを加工すると特殊な魔法薬になるってのは理解できるね。

「一本だけ……カネナカさん、この一本で何人分の魔法薬が作れるのですか？」

「……さっきも聞かれましたけど、どんな魔法薬かによって作れる量が違いまして……ひっ！　およそ二、三人分です！」

カネナカ、キミは女性に対する配慮が足りないから、いまだに独り者なんだよ。

そこで詳しく聞かないですぐに二、三人分ですと言っておけば、アグネスたちからも睨まれる必要はなかったというのに。

もう彼に事実は隠せないようだけど、そこはあえて深く追及しないのが大人というものだよ。

それにしても、二、三人分かぁ……。

「どうやら、両方が幸せにはなれないようね……」

「そうだね、イーナちゃん」

ボクとイーナちゃんか、アグネスたちか。

どちらかしか、巨乳化の恩恵を受けられない。

そして、誰が一本しかないアキツシマ草を手に入れるか？

これは戦いを避けられないかも。

「私、思うんです。これは、これから先生と結婚する私たちに必要なものですよ」

「そうですね。ルイーゼ様とイーナ様はもう先生の奥さんで、可愛らしいお子さんもいるじゃないですか」

「そうです。私なんて特に胸が小さいから！」

アグネス、ベッティ、シンディ、三人とも言うじゃないか。

でもね、キミたちにはまだこれから希望があるのに対し、ボクは年齢的にも、出産を経験しても胸が大きくなっていない。

ここは、人生の先輩であるボクに譲るべきじゃないかな？

「私たちもこの薬草が欲しいですから！　譲りませんから！」

「私たちの方が、数秒来るのが早かったですし！」

「『探知』したのは、私の方が早いと思います！」

なるほど。

貴重な宝を手に入れるには、それに見合う障害がつきものというわけだね。

三人が譲らないのであれば……。

「あのぉ……あとで私がお館様に怒られるので、喧嘩はやめてください」

情けないことを言うなぁ……カネナカは。

最初、ヴェルに対して戦闘を仕掛けた人物には見えないよ。

導師から修行を受けている彼だけど、いまだこの中の誰と戦っても勝てないから、穏便に済まそうとしているのであろう。

「こうなったら、仕方がない……勝負だ！」

戦うのはよくないから、ここはアグネスたちが納得する方法で決着をつける。

そうだなぁ……。

「腕相撲で勝負だ！」

ボクは、服の袖をまくって腕を見せた。

まあ、細いんだけどね。

でもボクは、腕相撲には自信があるんだ。

「(ルイーゼ、あんた……)」

イーナちゃん、向こうが了承すればいいのさ。

ボクが腕相撲が得意——魔力を使ってだけど——なのは、ボクが魔闘流の使い手であることを知っている三人なら気がつかなければいけない事実。

気がつけないのなら、それは三人の責任さ。

「わかりました。この中で一番魔力量が多い私がやります!」

引っかかったね。

アグネスが勝負を受け入れた。

魔力量だと少し負けるけど、ボクには魔闘流の極意がある。

勝負は、ボクの方が有利なはず。

「アグネス、頑張って!」

「先生との特訓で腕相撲はたまにやるけど、アグネスちゃんが一番強いものね」

えっ? ヴェル、そんなことまでやってたの?

「腕相撲と魔法には関係があるの?」

「それはですね、イーナ様。『身体能力強化』の練習で、ただ漠然と体全体を魔法で強化するだけではなく、腕一本だけとか、両足だけとかでも練習するんです」

「魔力の節約とコントロールの練習になるんです。その時に利き腕だけ強化して腕相撲とかやるんですけど、いつもアグネスちゃんが優勝しちゃうんです」

イーナちゃんに、シンディとベッティが説明してくれたけど、ヴェルはそんなことまで教えていたのか。

でも、腕相撲ならボクの方が強いのは確実だ。

問題ないさ。

「では、お互い恨みっこなしで」

「そうだね、一発勝負で恨みっこなしで」

いつの間にかカネナカがレフェリー役になっているけど、それは気にすることじゃない。

ボクとアグネスはその場にうつ伏せとなり、腕相撲をするべく腕を組んだ。

お互い華奢(きゃしゃ)な女の子同士だけど、魔力を込めた瞬間、大の男同士でも比べものにならないパワーファイトが始まるに違いない。

「(アグネスは、まだ魔力を使っていないね……)」

勝負開始の合図と同時に一気に大量の魔力を腕に流し、無駄な魔力の消耗を抑える作戦か。

アグネスは、思った以上に手強(てごわ)いかも。

魔力のコントロールが、ボクが思っていた以上に上達している。

ヴェルのことが好きだから、気合入れて修行しているんだろうね。

ヴェルも初めてできた弟子で、しかも可愛い女の子たちだから熱心に教えたんだろうなぁ……。

ちょっと腹が立ってきた。

でも、ボクはここで負けるわけにはいかない。

すべては豊かな胸のために！

「（ルイーゼ、どういう作戦で行くの？）」

「（向こうの方が魔力量も多いから、ボクはスピードで勝負する）」

「（スピード？　それで勝てるの？）」

イーナちゃんは心配そうだけど、これが勝てるんだな。

なぜならアグネスは、勝負開始の合図と共に一瞬で腕にすべての魔力を流したい。

ところが、それを完璧にやるには彼女はまだ未熟なんだ。

魔力を流す腕の部分の魔力路が、まだ完全に広がっていないからだ。

アグネスはヴェルに師事してまだ日が浅いから、導師との特訓に耐えただボクと比べるとね。

「（さらに、ボクの方がスピードに長けている）」

ほんの十分の一秒ほどだけど、アグネスよりも早く腕に大量の魔力を送り込めるのさ。

総魔力量では劣っても、一度に腕に送り込める魔力量とスピードでアグネスを圧倒する。

計算どおりにできれば、ボクは彼女に勝てるって寸法だ。

「（その計算、本当に合っているのかしら？）」

「（ちゃんと計算しているから安心して、イーナちゃん）」

「（ルイーゼがそこまで言うのなら、私はあなたの勝利を信じるわ）」

この勝負は一瞬で決まる。

一秒もかからないはずで、実はその方がボクがさらに有利だったりするのさ。

「(ボクは格闘家なのでね)」

魔闘流の極意に『見切り』というものがある。

強敵と当たった時に、ノーダメージでの勝利を諦める……たとえば片腕の防御を放棄してでも、もう片腕や足を繰り出して、相手に致命的な一撃を与える。

片腕へのダメージを防ぐという短期的な目標を放棄してでも、敵に大ダメージを与えて戦闘不能に追い込んでしまう。

長期的な勝ちを狙うわけだ。

前にハルカが、『肉を切らせて骨を断つ』って言っていたけど、それと同じようなものだね。

当然だけど、こんな巨岩に腕を叩きつけられたら怪我をしてしまう。

これまでアグネスたちが怪我をしたという話は聞いていないので、間違いなくヴェルは負けた際に備えて、腕相撲をしている腕の防御にも魔力を回すよう教えているはずだ。

「(ボクは、その防御を完全に捨て去る。そうすることで、アグネスとの魔力量の差なんてないに等しいどころか、逆に有利にさえなるのだから)」

あとは、いかに短時間に少しでも早く、多くの魔力を腕に送り込むかだけだ。

「お互いに、用意はいいですか」

「はい!」

「いいよ」

カネナカって、意外とレフェリー役が似合っているかも。

おっと、今は集中しないと。

これも魔闘流の基本だ。

五感を研ぎ澄まし、カネナカの合図と同時に動く。

反射神経も大きく問われる勝負だけど、ボクはこの点でもアグネスより圧倒的に有利だ。

冷静な計算によりボクは勝てる。

ミスをしなければ……常に戦いとは、ミスが少ない方が勝つものなのだから。

「では、始めます！」

僕とアグネスは互いに視線を合わせ、静かに頷いた。

双方共に準備オーケーというわけだ。

「用意！　始め！」

「えいっ！」

カネナカの合図と同時に、ボクの腕に一瞬でほぼすべての魔力が流れ込み、それとほぼ同時にアグネスの腕を押し込んだ。

間違いなく、会心の一撃だったと思う。

カネナカの合図と、百分の一秒とズレていないはずだ。

一方アグネスは、やはり反射神経が常人並みだし、『えいっ！』なんて掛け声も出したけど、これもボクからすれば無駄でしかない。

「(ボクはちゃんとやった！　ボクの勝利だ！)」

狭い範囲で双方が大量の魔力を一気に消耗したので、そこを中心点に派手に土埃があがってしまった。

カネナカも、イーナちゃんも、シンディも、ベッティも、まだ勝負の結果は見えていないけど、土埃が晴れれば一目瞭然だ。

勝負は、ボクの勝ちだ！


「腕相撲をしただけで、土台にした巨岩が割れる……。これが上級魔法使い……」

腕相撲勝負はボクの勝ちで幕を下ろした。

「土埃が凄かったわね」

「大量の魔力が、ルイーゼ様とアグネスちゃんを中心とした一点に集まり、瞬時に消費されたので大規模魔法が発動したようなものだからですよ」

「どっちも凄かったですね……あぁんっ！　アグネスでも勝てないなんて！」

どうやらボクの計算は正しかったようだ。

「私の方が、ルイーゼ様よりも魔力量が多いのに……」

「総量ではね。でも、対戦相手の腕を押し込むのに使用した魔力量は？　勝負開始の合図から先に対戦相手の腕を押し込み始めたのは？　先に腕に必要な魔力を送り込めたのは？」

「完敗です……」

「ボクの真似はしない方がいいよ。これは魔法使いじゃなくて、格闘家の領分での勝利だからね」

ボクが巨岩にめり込ませたアグネスの腕は、特に負傷もしていなかった。

普通なら骨が折れているはずだけど、腕の防御に魔力を回す訓練をちゃんとヴェルがしていたからであろう。

こういうところにヴェルの性格がよく出ているし、実はそれが一番正しいんだよね。

「ボクは魔闘流を使う武闘家だから、アグネスの腕を押し込むのに全魔力を用いる戦法を選べたんだと思う。アグネスが真似すると危険だよ」

「確かに。もしルイーゼ様が負けていたら、巨岩にめり込んだ腕の骨が折れていたはず。最悪、潰(つぶ)れていたかもしれません」

「ヴェルのことだから、もしボクが怪我しても、慌ててエリーゼに治してくれって言うだろうけど。魔法薬もあるし、ボクは武芸家だから負傷は厭(いと)わない方なんだ」

でもボクは、必ず勝てると計算していた。

そしてそれが、現実のものとなったわけだ。

「そこまで覚悟して勝負されていたとは……私が勝てるわけがありません」

アグネスたちもヴェルに好かれようと必死なんだろうけど、その必死さの差が出たのかもしれないね。

特にボクは……。

「ルイーゼ様の場合、もうこれしか手がありませんから」

「私はこの中で一番若いから、胸の成長にも期待できます。その考えが甘えとしてアグネスに伝染して……」

「私もシンディと同じだったかも……ルイーゼ様の必死さに私たちは……」

「……」

間違ってはいないんだけど、それを声に出さないでほしいかなって。

イーナちゃんが笑っているし、カネナカにアキツシマ草の使用目的がバレてしまったじゃないか！

まあでも……無事にアキツシマ草が手に入ったんだ。

これでボクもイーナちゃんも、エリーゼ張りにバインバインになれる。

これは、僕とイーナちゃんの大勝利なんだ！

＊　＊　＊

「ルイーゼ、完成したって。それでこれが完成品」

「いかにもって感じの色だね。なんか毒々しい液体だ」

「例の魔法薬を調合できる薬師はとても少ないそうで、伊達家に薬を納めている薬問屋で一番優秀な薬師に頼んだわ」

「凄い人に頼めたんだね。さすがはイーナちゃん」

「なにより口が堅いのよ。ちょっとお高かったけど、材料があったからそこまではって感じね」

「なるほど」

数日後。

イーナちゃんが、調合してもらった胸を大きくする魔法薬を持ってきた。

瓶の中には、紫色の怪しい魔法薬が入っている。

これを調合できる薬師は非常に少ないそうで、イーナちゃんが密(ひそ)かに調べて依頼したのだ。

「早速飲んでみようか?」

「そうね。飲まなければなにも始まらないし、せっかくアグネスたちに勝利して得た権利なんだから」

アグネスたちも、ボクたちが胸を大きくする魔法薬の入手に血眼になっていることを黙っていてくれるしね。

そこは暗黙の了解というか……仁義を守ったというべきか。

「あっ、そうだ。この魔法薬は二人前だって」

「……ボクたちが勝ってよかったね」

「そうね……」

もしアグネスたちが勝利していた場合、三人で再び血で血を洗う争いになるところだった。

最悪それが原因で三人の仲が拗(こじ)れてしまうかもしれず、ボクたちはとてもいいことをしたのだと思う。

「じゃあ、半分ずつね」

ボクとイーナちゃんは魔法薬を平等に半分ずつに分け、それを一気に飲み干した。

すると……。

「イーナちゃん! なんか体が熱いし、胸がムズムズする!」

「私も同じよ! あっ!」

目線を下げると、なんと、これまでなにをしても膨らまなかった胸が……。

妊娠してから少し胸は大きくなったけど、ボクは知っている。

授乳期間が終わったら、絶対に元の大きさに戻るやつだと。

それが、この魔法薬を飲んだ途端……！

「イーナちゃん！」

「ルイーゼ！」

体の熱さと胸のムズムズ感がなくなってから確認すると、さすがにエリーゼには負けるけど、そう劣らない大きさの胸に成長していた。

「やったよ！　ボクたちは勝利したんだ！」

「そうね！　私たちは勝ったのね！」

何度視線を下に向けても見える大きな膨らみ。

これだけの胸があれば、きっとヴェルはボクとイーナちゃんにさらに惚れるはずだ。

「早速この胸を、ヴェルに見せに行かないと！」

そうしたらヴェルは大喜びしちゃって、すぐに二人目ができてしまうかも。

いやあ、胸の膨らみがあるって最高だね。

「あっ、でも。今夜はヴェルはこっちにいないって。なんか王城に呼び出されたそうで」

「なんとタイミングの悪い……明日見せればいいのか」

ここで焦らなくても、明日になればヴェルはボクとイーナちゃんの巨乳に大喜びするはずだ。

「明日が楽しみだね」

「最初にヴェルに見せたいから、今日はもう寝てしまいましょう」

「それがいいね」

最初に他の人たちに見せても意味はないというのもあり、ボクとイーナちゃんは二人で早めに寝ることにした。

『明日、ヴェルがこっちに来たら驚くだろうな』と思いながらベッドに入ると、ボクはすぐに寝入ってしまうのだった。

＊　＊　＊

「ルイーゼ！」

「えっ？　もうヴェルが来たの？　まだ早くないかな？」

「そうじゃなくて！　胸を見てみなさいよ！」

早朝、突然イーナちゃんに起こされ、胸を見てみなさいと言われたけど、ボクの胸はこれまでのペタンコから見事な巨乳になったんだ。

こうして寝たままでも、大きな胸が盛り上がっていて……。

「胸がない！」

昨晩、布団——ここはミズホと同じだから布団だった——に横になった時に確認したら、ボクの巨乳で掛け布団が盛り上がっていたのに、今確認したらこれまでどおりペタンコだった。

いったい、なにがあったっていうんだ？

「イーナちゃん！　だって、昨晩あの魔法薬のおかげで確実に……ああっ！　イーナちゃんの胸も普通だ！」

「褒められているのか、貶されているのか判断に苦しむわね……元どおりになってしまったわ」

せっかく苦労してアキツシマ草を手に入れたのに、ひと晩で大きくなった胸が元どおりでは完全な骨折りじゃないか。

「魔法薬が欠陥品だったんじゃないの？」

伊達家御用達のくせに、こんな不良品を売りつけるなんて！

とんだ薬問屋じゃないか！

「でも、まだ薬問屋が悪いって決まったわけではないし……」

「イーナちゃん、これは正当なクレームだよ！」

ボクたちに再びアキツシマ草を見つける時間なんてないのだから、ここは薬問屋が弁償するか、ちゃんと効果のある魔法薬を提供する義務があるはずだ。

「行こう！　イーナちゃん！」

「今から？　早くないかしら？」

「あまり遅くに行くと……」

『巨乳になる魔法薬の効果がひと晩しかなかった！　どうしてくれる！』って他のお客さんの前で言いにくいじゃないか。

ここは、お客さんがいない時間を狙って行かないと。

「それもそうね……急ぎましょう！」

「急ごう！　イーナちゃん！」

ボクとイーナちゃんは朝食もとらず、急ぎ魔法薬を調合した薬問屋へと向かうのであった。

＊　＊　＊

「不良品なので交換をお願いします。もう全部使ってしまって、空ビンしかないですけど……」

「そうだよ！　一晩で効果がなくなるなんて聞いてないよ！」

「あの魔法薬が欠陥品だった、ですか？」

まだ日が昇らぬうちから、薬問屋では働いている人たちがいた。

ヨネザワ一の薬問屋と評判で、今ヴェルたちがアキツシマ島統一を目指しているから、忙しいんだと思う。

ちょうど店主がいたので声をかけると、彼はボクとイーナちゃんを連れて奥の部屋へと案内した。

不良品に対するクレームだから、周囲の目が気になったのかな？

「あの……例の胸を大きくする魔法薬ですが、不良品ではないですよ」

「そんなことないでしょう！　短時間しか効果がないなんて！」

「そうだよ！　材料のアキツシマ草を、ボクたちがどれだけ苦労して手に入れたか！」

希少な材料を預けたのに、短時間しか効果がないなんて！

「不良品以外のなにものでもないじゃない！」

イーナちゃん、いざとなるとちゃんとクレームをつけられるんだね。

それでいいんだけど。

「あの……バウマイスター伯爵様の奥方様たちは、豊胸薬の史料をどこから手に入れられたのですか？」

「オオツ文庫よ。あそこには、昔からの古い書籍が大量にあって、ちゃんと豊胸薬の情報もあったわ」

イーナちゃんのみならず、ボクだってそれは確認した。

この島の古い書籍の文字は崩しすぎていて読みにくかったけど、苦労して読んだのだから。

「その書籍はもしかして、『魔法薬大全』という書籍だったのでは？」

「そうだよ、よくわかったね」

オオツ文庫には、他にも魔法薬の書籍が数百冊もあったというのに、この店主さんはすべての魔法薬関連の書籍を記憶しているのか。

「その書籍なんですけど……。実は大津(オオツ)文庫のものは一ページ落丁がありまして……。うちも一冊持っているんですけど……」

店主さんは、部屋の本棚から一冊の古い本を取り出してボクたちに見せた。

オオツ文庫にあった本とまったく同じものだ。

「豊胸薬の記述はこれです。実は最後の一ページに、効果は半日ほどと書かれております」

「「本当だ！」」

店主の持つ魔法薬大全には、豊胸薬の効果は半日ほどと書かれていた。

まさか、オオツ文庫の書籍に落丁があったなんて……。

「今では、私を含めて薬師たちの魔力量も落ちる一方。そのせいで、さらに豊胸薬の効果持続時間が落ちていまして……以前の三分の二ほどかと」

つまり、寝て起きたら効果が切れていても不良品ではなかったと。

「それがわかっていれば！」

「いや、わかっても手の打ちようがないじゃない。どうせヴェルは間に合わなかっただろうから」

イーナちゃん！　そこで正論を語って楽しいかな？

「こんな魔法薬、どんな目的で使用するのかしら？　材料は滅多に手に入らない。効果が持続する時間が短い。費用対効果が悪いなんてものじゃないわ」

「わざわざ苦労してアキツシマ草を手に入れたのに、こんな結果じゃ報われないよ」

数日前の苦労はなんだったんだろうと思ってしまう。

アグネスとの勝負では、魔力も気力も使い果たして大変だったんだから。

「この豊胸薬の使用目的ですが、胸のない女性が偽装するためです」

「偽装？　誰に対して？」

「結婚する男性に対してですよ」

わずか半日、胸の大きさを偽装してなにか意味があるのかな？

「豊胸薬の使い方としては、まず名家のお嬢さんがお見合いをする際、胸に詰め物をして大きく見せるわけです。アキツシマ島において、胸の大きな女性はとても人気があるのです」

ただ男性が好きだからというだけではなく、子宝、豊猟、豊漁、豊作のシンボルとして。

縁起物の一種らしい。

「胸が大きな女性は嫁いだ家を豊かにすると言われておりますので。胸の大きな女性はかなり格上の家に嫁げるケースも珍しくなく、それを狙う家は大金を使って豊胸薬を用意しました。初夜の時に用いるわけです」

つまり、ずっと胸を大きくする魔法薬はいまだ開発されず効果が時間限定だから、見合いと結婚式までは詰め物で誤魔化し、初夜の時に豊胸薬を使うのか。

「詐欺……じゃないかしら？」

「とはいえ、一度そういう関係になった、しかも結婚したばかりの妻を捨てるのは、世間的に風聞が悪いじゃないですか。結局なし崩し的に、そのまま夫婦生活を続けるケースが大半なのです」

イーナちゃんの言うとおり、詐欺のような気もしなくはないけど……。

「ただ、今では豊胸薬を使う人も大分減りました。警戒されるようになりましたからね。実は私も、数年ぶりに注文を受けたのです。材料であるアキツシマ草は滅多に見つからず、他のもっと希少な魔法薬の材料にもなりますからねぇ……」

店主の視線が、せっかくのアキツシマ草をこんなしょうもないことに使ってしまったボクとイーナちゃんの胸に向いた。

もしこのやり取りが他の使用人たちに漏れてしまったら……だから奥の部屋に案内されたのか。

店主さんの優しさだよね……。

「というわけでして……その……不良品ではないです」

「「……」」

ボクとイーナちゃんはなにも言い返せず、とぼとぼと薬問屋をあとにしたのだった。

そしてその帰り道。

「「あっ！」」

「「「あっ！」」」

ボクとイーナちゃんは、アグネスたちと鉢合わせしてしまった。

多分三人は、早朝の稽古の帰りだと思うのだ。

当然彼女たちの視線は、ボクとイーナちゃんの胸に……。

「えと、あの……例の魔法薬は？」

「それね……」

まさか教えないわけにもいかず、イーナちゃんが小声でアグネスたちに事情を説明した。

「魔法薬って、そういうことありますよね……」

「ここは独自の文化を持つ謎の島で、もしかしたら……的な期待もあったんですけど……」

「確かに、それはあるのかも……」

お互いため息をつく、イーナちゃんとアグネス。

怪しい魔法薬については、よくエリーゼから注意されている。

いくら謳（うた）っている効能が怪しくても、つい購入してしまう人が出てしまうのは、ヴェルに言わせると人間の業なのだそうだ。

アグネスたちも、豊胸薬にすぐ飛びついた。

人間って、そういうものなんだろうね。

「前に、シンディちゃんが背が高くなる魔法薬を……」

「あ――っ！　ベッティ、それは言わないで！」

背が伸びる魔法薬……ボクも購入したことあるなぁ……。

まったく効果がなかったけど。

「シンディは、そのうち大きくなると思うわ」

「私、ベッティ、イーナ様は普通にありますしね」

「贅沢言ったらキリがないわ」

「それもそうですね、私には未来がありますから！」

なんか上手く纏まったように思えるけど、じゃあすでに大人で子供まで産んだボクは、すべての希望が絶たれたってこと？

待って！　ボクだけ置いていかないで！

まだボクだって二十歳前だし、二人目の子供ができたら胸が大きくなるかもだし！

もしかしたら、まだ誰も知らない未知の島や大陸に、胸が大きくなる魔法薬の材料や製法があるかもしれない。

「（これからもヴェルの探索についていって、いつかボクの胸をエリーゼ並みのバインバインにする魔法薬を見つけるんだ！）」

ボクを無視して慰め合っているみんな。

そのうちボクが、必ず胸の大きさで抜き去ってあげるんだから！

＊　＊　＊

「なあ、カネナカ」

「カチヤ様、なんでしょうか？」

「小耳に挟んだんだが、この島にアキツシマ草って貴重な薬草があるって話をだな……」

「(カチヤ様の胸……) 滅多に見つからないですが……」

「もしかしたら見つかるかもしれないから、案内してくれるとありがたいなって。見つからなくても、カネナカのせいじゃないからよ」

「……お供します……」


お館様は、胸が大きな女性が好みなのか。

この島の領主たちと似ているんだな……。

第四話　東方DQN三人娘

「バウマイスター伯爵、島の平定は順調ではないか。夏休みの自由研究で、その詳細を発表したいところだ」

「魔族の学校でですか？」

「冗談だ。魔族という種族は、民主主義を過剰に崇拝し、王政を憎んでいる偏った連中も一定数いるからな。戦乱の渦中にある島を平定する伯爵の話などできない。民主革命で解放するのが正しいと騒ぐはずだ。我らは、農業指導、土地の改良で報酬が貰えればいい」


アキツシマ島に上陸してから二ヵ月半。

現在バウマイスター伯爵家は、島の北方、西方、中央を完全に制圧した。

三好家の本拠地大津はバウマイスター伯爵家の本拠地となり、降伏した三好義継以下三好家の面々は、生活の場を大津にある屋敷へと移している。

とはいえ、この島の統治にバウマイスター伯爵家側から大量に人員を割けない。

三好家の力は必要であり、彼らは領主から代官になって統治に必要な人員を提供した。

現在、西方で兵を集めて俺たちに対抗した三好義興も降伏したので、西方の統治体制の確立に大忙しであった。

その土地の領主を代官に任じて、バウマイスター伯爵領の法や税制を受け入れさせる代わりに、魔法使いたちは井戸を掘り、道を開き、農地を開墾し、新しい作物の種子や苗を提供し、その栽培方法を伝授する。

農業指導については、魔王様が連れてきた魔族たちが担当していた。

その成果に応じて、俺が魔王様に代価を支払う予定だ。

「まだ夏休みも残り半分ほど、あまりに長いと逆に疲れるな」

「羨(うらや)ましいですけどね」

夏休みが三ヵ月って……学生の期間が長いから当たり前なのか？

正直なところ、代わってもらいたいくらいだ。

「シュークリームは、ずっとお休みみたいなものだがな」

魔王様が飼い……従えたシュークリームは、話をしている俺たちの横でのん気に寝ていた。

「モールたちも頑張っているな」

魔王様の農業法人に入社してまだ短いので、彼らは農業技術を勉強中だそうだ。

元々いい大学を出ているから、覚えはとてもいいそうだが。

モールたちは、その農業法人で知り合った女性たちと結婚する予定で色々と物入りなので、手当てが出るこの仕事に志願した。

今日は、雪(ユキ)の手伝いをしているはずだ。

それにしても、俺たちと出会いついてきた時からそうだが、あの三人は異常に決断が早いな。

色々と考えてしまう俺からすると、とても羨ましく感じてしまう。

今の俺たちの課題は、バウマイスター伯爵家が任じた島全体の代官秋津洲(アキツシマ)家と、副代官細川(ホソカワ)家の力をいかに大きくするかであった。

秋津洲家は飾りでも仕方がないが、細川家に実務能力がないと、降伏した領主たちが再び反抗しかねない。

支配体制の強化には長い年月がかかるが、今は俺たち魔法使いの実力をその目で見たので大人しく従っている。

飴として各所で井戸を掘り、開発も進めているので、領民たちの支持が厚いのは幸運であった。

細川家当主である雪の負担は大きいが、臨時でモールたち、それからバウマイスター伯爵家からも文官を派遣しているし、今までに降した領主の一族や家臣からも人を出しているので、今のところは特に大きな問題もなかった。

「あっ、そうそう。バウマイスター伯爵に頼まれた魔道具だが、手に入れてきたぞ」

「早いですね」

「在庫が余りに余っていたからな。とても安かったぞ」

俺が魔王様に頼んだものとは、海水を真水にろ過する魔道具であった。

この島は、中央にあるビワ湖から離れれば離れるほど水不足に陥りやすい。

ビワ湖から流れるわずかな支流や水路を広げてはいるが、黒硬石の地盤に阻まれるとそこでお手上げになってしまうからだ。

そこで、魔族が持つ海水を真水にろ過する装置が役に立つというわけだ。

魔族が作る魔道具は性能もいいので、海岸沿いの岩山の上に置いてホースで水を引いても十分な水量が確保できる。

井戸水と合わせれば、北方と西方の農業生産量は増大するであろう。

ろ過した塩分とミネラルも、上手く加工すれば塩になる。

この島は塩も不足気味なので、水と塩を握るバウマイスター伯爵家の支配力は増すはずだ。

「結構な魔道具というか、王国でも帝国でもまだ実用化していない装置ですね」

海水を真水に変える装置など、今の魔道具ギルドでは研究すらしていないかもしれない。

俺は魔道具ギルドに所属していないので、実はこっそりとやっている可能性もあったけど。

それでも、実用化していなければ意味がない。

「我々の国は、元々水資源は豊富だからな。昔はそれなりに需要があったのだが、今は人口減と水道業者の仕事がなくなるから、すべて倉庫の肥やしとなっておる。装置の一部は災害用に保管され、あとは中古市場で叩き売られたが、漁業関係者がたまに買うくらい。と、ライラが言っていた」

この装置もそうだが、魔族が作る魔道具は魔力効率もよく、頑丈で、性能もいい。

そりゃあ、交易交渉が上手くいかないわけだ。

ローデリヒからの情報によると、とにかく魔道具ギルドの妨害がもの凄いらしい。

彼らも失業の危機なので、必死なのはわかるのだが……。

「バウマイスター伯爵は、勝手に魔族の魔道具を購入して大丈夫なのか？」

「この島だけなら」

バウマイスター伯爵領本領で、魔族が作った魔道具を使用していたら問題になるであろう。

でもこの島だけなら、バウマイスター伯爵家の人間以外立ち寄らないので問題はない。

というか、異民族で人口四十万人の島を領有して統治しなければいけないのだ。

時間もないし、これくらいのズルをしないとやっていけない。

「結局、バウマイスター伯爵領と確定した島で、入植可能な島は百を超えました。サーペントのせいで海上船舶の使用が難しいので、開発には魔道具の力が必要ですね」

南の僻地(へきち)なら、魔道具ギルドも口を出せないはずだ。

暫(しばら)くは政情不安定という理由からバウマイスター伯爵家の人間以外立ち入り禁止なので、魔族から購入した魔道具を開発に使う予定だ。

いまだ王国と魔族の国との間に正式な交易協定は結ばれておらず、両国の法に他国から魔道具を輸入してはいけませんと書かれているわけではない。

王国の法には帝国と勝手に交易をしてはいけないと書かれているが、魔族の国については想定外なので書かれていないのだ。

帝国との交易も、実は一部北部諸侯が帝国と密貿易をし、それを王国政府が黙認しているのは公然の秘密であり、法の運用は結構曖昧だったりする。

つまり、俺のやっていることは違法ではない。

脱法とでもいうべきか？

それが知れると、王都にいるプラッテ伯爵などから攻撃されそうなので、今はこの島でしか購入、使用していないけど。

「まだ他にも色々と頼むかも」

「手間賃が貰えれば、余たちは大歓迎だ」

魔王様たちは、魔族の国の市場に流れている中古魔道具を安く買ってこちらに持ってくるだけで利益が得られるので、俺からの提案に大喜びであった。

メンテナンスについては、現在この島の魔道具職人を集めて教育中であった。

魔王様の農業法人にも魔道具のメンテナンスに詳しい人がいるので、最悪その人に頼めば修理はできるので問題ない。

魔道具を動かす魔力については、バウマイスター伯爵家側の人間の方が優秀な魔法使いが多い。

魔道具が便利で多用されるほど、バウマイスター伯爵家の支配力が増す仕組みだ。

「農地を耕す耕運機など、市場では余りに余っていて叩き売られておるぞ」

「魔族の国の農業では、それら魔道具をよく使うのでは？」

どう考えても、鍬(くわ)で畑を耕すような農業はしていないと思うな。

アメリカのように、デカイ耕運機とかで広大な畑を耕していそうだ。

「段々と企業経営を始める農家が増えて、農地が大型化しておるからな。古い小型の農機具が余って、中古市場が飽和しておるのだ。趣味で農園をやる人間くらいしか客がいない。しかも、壊れにくいからな」

贅沢(ぜいたく)な話ではあるが、この島以外では使えないか。

いや、待てよ……。

前に魔の森の地下倉庫から大量に出た魔道具の数々、もし魔族の国と交易が始まれば、あの品々もあっという間に性能が悪い古いものという扱いになってしまう。

盗難を恐れてほとんど死蔵していたが、ここは積極的に用いてバウマイスター伯爵領本領の開発を進めるべきか。

『それがよろしいかと思います。特にトンネルの方からは苦情が多いので』

『ああ、馬糞の臭いがもの凄いんだっけ？』

『はい』

早速、魔導携帯通信機でローデリヒに連絡を取ると、彼は魔道具の積極的な活用に賛成してくれた。

特に開通したトンネルで、そこを通る馬が出す馬糞の臭いが問題になっていたそうだ。

警備を担当するトーマスからも『馬糞拾いに任務のかなりの部分が割かれ、なにかあった時に対処が遅れる。あと、もの凄く臭いです』と苦情が入っていた。

『トンネルの両端に拠点を持つ商人なら、大型車両でトンネルを輸送してあげて手間賃を取ってもいいよな』

『トンネルは長いですからね。荷を運ぶ作業員に支払う割増賃金を考えますと、運賃を取っても苦情は出ないどころか喜ばれると思います』

発掘された魔道具にはトラックも多いので、これをトンネル内で往復させればいい。

個人商人だけなら、通るレーンを指定すればそれほど馬糞も出ないはずだ。

軽トラのような車両で馬糞を拾う清掃作業員を雇ってもいいな。

臭くても、少し給金をよくすれば希望者もいるはずだ。

集めた馬糞は、前から肥料に加工しているから問題ないはず。

『本領では、発掘魔道具の使用を。アキツシマ島では、魔族の国から購入した中古魔道具で開発を促進する』

『畏(かしこ)まりました。早速手配します』

俺が方針を伝えると、ローデリヒはすぐに対応すると返答した。

この手際のよさ、やはりローデリヒが領主でも問題ないよな。

「というわけなので、これから中古魔道具の仕入れを頼みます」

「ライラがいうには、違法ではないが騒ぐ輩(やから)も多いので、上手く誤魔化しながら購入を図ると言っておったぞ」

「それは理解しています」

魔族でも国粋主義的な連中が、『売国奴だ！』と魔王様たちを批判するかもしれない。

ライラさんは優秀なので、そういう危険は冒さないであろう。

向こうでは需要が少ない中古魔道具でも、こちらでは十分に使い道がある。

メンテナンスや簡単な修理くらいなら、こちらの魔道具に詳しい人間にでもできるのだから。

エネルギー源である魔力も、俺たち魔法使いの他に魔の森で採れる魔石で十分に補えるから問題ないであろう。

ルルがいた島の大半を占める魔物の領域。

ここも探索と冒険者の活動が始まれば、採取できる魔石の量が増えるはず。

不便な場所にあるが、アキツシマ島の人たちなら、魔導飛行船の航路を作ってあげれば冒険者として狩猟に励んでくれるかもしれない。

統一後には軍縮が進むであろうし、農地の拡張や、産業の創設による雇用の増大でも吸収しきれない元専業軍人たちの中で、普通の仕事に向かない連中には、冒険者稼業も悪くないであろう。

強い不満を溜めて反抗的になったり、犯罪に走るよりかは、冒険者稼業でひと山当てるという選択肢を用意してあげる方がいい。

いわば、ガス抜きの一種だ。

「順調でなによりだ。余も力を蓄え、余の代では無理でも、子や孫がみなさまに愛される魔王様になれるよう、ここは金稼ぎをしておこう。おっと、もうこんな時間か」

「なにか予定でも？」

「夏休みの宿題をしなければ。特に日記は毎日必ずつけなさいとライラが言うのだ」

この魔王様、年の割にはしっかりしているのだが、やはり小学生なんだよな。

夏休みの宿題が気になってしまうのだから。

「陛下、夏休みの日記でしたら、書くのを忘れたとしても、必ず天気はメモしておいた方がいいですよ。それも向こうの天気をです」

魔王様は、ここにはいないことになっているからな。

ここの天気を日記に書いてしまうと、整合性が取れなくなってしまう。

「ライラのことだから、毎日のお天気はメモを取ってくれていると思う。日記の内容は当たり障りのない記述にしているぞ」

「魔王様のクラスに何人クラスメイトがいるか知りませんが、天気が間違っていなければ、担任の教師もわざわざ日記の記述が本当か、確かめたりしませんよ」

これらの知識は、主に小学生の頃の俺の記憶から出ている。

学校では当然夏休みの宿題が出て、一番面倒なのは絵日記であったが、俺は絵が下手なので難儀したものだ。

日記には天気を書く欄があり、一週間ほどサボると天気を忘れてしまうこともあったが、昔とは違ってインターネットで調べられるのは救いであった。

父に聞くと、昔は天気を忘れると大変だったらしい。

真面目に日記をつけている同級生から情報を得たりしていたそうだ。

「自由研究はどうです？」

「毎日農業に関わっておるからな。ハツカダイコンとホウレンソウをプランターに植えて、世話をしながら観察しておる」

野菜を育てて観察日記をつける魔王様。

とてもシュールな光景である。

「収穫したら、バウマイスター伯爵にも振る舞ってやろう」

「ホウレンソウはお浸し、ハツカダイコンは浅漬けとか、炒め物も美味（おい）しいですね」

「う――む、バウマイスター伯爵は料理にも詳しいな。楽しみにしているがよい」

魔王様は夏休みの宿題をするために、大津城内に用意された自分の部屋へ向かおうとした。

ところが、急に何かを思い出したように振り向き、俺に頼みごとをしてくる。

「バウマイスター伯爵、時に台形の面積の求め方を知っておるか？」

「はい」

前世では、一応それなりの大学は出ている。

最近では記憶が怪しい部分もあるが、小学生の算数くらいならほぼなんとかなる。

数学ですか？

残念、俺もモールたちと同じく文系の学部だったのだ。

「モールたちも忙しくて、この城にほとんどいないからな。教えてくれる者がいないのだ」

「わかる範囲で教えますよ」

「すまんな。それにしても、バウマイスター伯爵は若いのに博識だな」

たまたま覚えていただけだが、俺は魔王様の夏休み中、定期的に勉強を教えるようになるのであった。

＊　＊　＊

「ヴェル、いつの間にそんな勉強ができるようになったの？」

「いつの間にっていうか……魔法を勉強するついでさ」

「ふ――――ん、そうなんだ。魔法の本って、難しい内容のものも多いからね」

昼食の時間、魔王様は嬉しそうに俺が勉強を教えてくれたのだとみんなに話したのだが、それを聞いたルイーゼが『自分たちと同じく最終学歴冒険者予備校卒業の俺が、なぜ高等な算数を？』と尋ねてきた。

魔族の国では初等教育で習う図形の面積を求める公式も、王国と帝国ではアカデミーの入学試験合格を目指す予備校で習う高度な勉強であったからだ。

地形の面積を求めるのに役立つが、役人にでもなろうとしない限り習う必要はないからだ。

不動産業者は土地の面積がわからないと損をするので、これは家伝みたいな形で子弟にのみに教育したりすると、前に胡散(うさん)臭いリネンハイムから聞いたことがあった。

代々の役職がある法衣貴族には習わないといけない高度な勉学もあったりするが、領主でも文章の読み書き、それも漢字が混ざると読めない地方領主など珍しくもないので、魔族の国はそれだけ教育が進んでいる証拠であった。

「ボクも習おうかな？」

「ルイーゼ、これが算数のドリルだぞ」

「どれどれ……」

ルイーゼは、魔王様から夏休みの宿題である算数のドリルを見せてもらう。

「……ボクはいいや」

「ミュウミュウ」

残念ながら、ルイーゼには合わなかったようだ。

元々勉強するのが似合わないからな。

関係者しかいないので浮かんでいたシュークリームもルイーゼと共にドリルを覗(のぞ)き込み、これは無理だと匙(さじ)を投げたようだ。

竜だから仕方がないのか。

「あっはっは！　我らに勉学など不要！　ようは強ければいいのである！」

「導師、俺らは魔法使いだ。さらに言うと、導師は王宮筆頭魔導師だろう？　多少の教養は必要じゃないか？」

「某の次の王宮筆頭魔導師に期待するのである！」

「げほっ！」

突然導師から肩を叩かれ、食事をしていた俺はむせてしまう。

相変わらずのフリーダムぶりだが、俺がこの島の開発に魔族から購入した中古魔道具を使っているのを黙認してくれているからな。

導師が黙認しているんじゃなくて、陛下が黙認しているのだけど。

その代わり、ちゃんと一定数の魔道具は陛下に献上している。

ただ不思議なのは、陛下はそれら魔道具の存在を魔道具ギルドには一切知らせていないらしいということだ。

交渉の邪魔をしてくるので、渡す義理も知らせる義理すらない？

魔族の進んだ魔道具が、型落ちの中古品だと知ったら余計に妨害してくるかもしれないので、陛下も黙っているのであろう。

「俺ですか？」

「左様、バウマイスター伯爵はアルフレッドの知識と魔法を継ぐ知に長けた魔法使い。今は某が武に長けた魔法使いとして陛下に仕えているのである！　こういうのは個性であり、どちらが上とかそういうのはないのである！」

「導師、誤魔化しただろう？」

自分が武闘派なのは個性で、知識とか教養は自分の次の王宮筆頭魔導師である俺に任せる。

つまり、このまま死ぬまで勉強なんてしないと導師は断言したのだ。

まあ、導師が真面目に勉強してもなにかの役に立つのか相当疑問があるのだが。

「言うほど、俺も勉強していませんが……」

さすがに、前世で勉強したことは記憶が薄れつつある。

忘れないようにたまにメモしているが、その前に忘れてしまったこともあるからなぁ。

「魔族ってのは、幼い頃から難しい勉強をするんだな」

魔族の庶民の初等教育イコールリンガイア大陸での高等教育なので、エルも魔族の教育水準に驚いていた。

「エルも勉強したら？　ローデリヒさんを継ぐ立場を目指して」

「俺は武官でいいよ」

ルイーゼから回ってきた算数のドリルを見て、エルはすぐにイーナに回した。

どの世界の人間でも、基本的に勉強好きな奴なんて少ないからな。

「大体わかるけど、これで初等教育って凄いわね」

「イーナ、わかるの？」

「正式に勉強しているわけじゃないけど、たまにそういう本を見るから多少は」

「すげえ！」

イーナは、分数の掛け算、割り算、平均値の求め方、平行四辺形、三角形、台形の面積の求め方など、小学生の算数レベルくらいは理解していた。

空いている時間に、その手の本も読んでいたようだ。

ヴィルマとカチヤが驚いていた。

「でも、このくらいならエリーゼも知っているわよ」

それは俺も驚かない。

彼女はホーエンハイム枢機卿の孫娘で教会に出入りしていたし、完璧超人であったからだ。

「教会は、やる気があれば色々と勉強を教えてくれますから」

とても頭がいいのに、家が貧しくて勉強できない子供がいたとする。

そういう子は教会に面倒を見てもらいながら、アカデミーや上級官吏の採用試験を目指す者が多かった。

教会としても頭のいい将来有望な子供に恩を売れ、信徒も増やせるわけだ。

教会のお世話になった人たちは、老後に時間が空くと無料で子供たちに勉強を教える。

エリーゼも、空いている時間にそういう老人から勉強を教わっていたそうだ。

「なるほど。教会は、社会のセーフティーネットでもあるのか」

「セーフティーネットってなに?」

「貧しい困った人たちを救う最後の『安全網』。救済システムの一つだ」

「へえ、陛下は難しい言葉を知っているんだね」

「まあ、これでも魔王だからな」

ルイーゼは、魔王様の知識に感心していた。

確かに為政者を目指しているだけあってそれなりに知識はあるのだが、唯一の懸念は少し算数が苦手な部分かもしれない。

「う――――む、こういう勉学は、学者や専門家が習う内容じゃな。妾も基本的なことしか知らぬ」

「私のような下級貴族出身者は、勿論学んでおりませんわ。知らなくても困ったことはありませんもの」

テレーゼも帝王学を受けていたから、それなりに算数の知識もあった。

カタリーナはそれどころではなかったはず。

それに、分数の割り算や台形の面積の求め方を知らなくても、現状で困ることもないのだから。

「ヴェンデリン様、わかりません」

「うっ！　伊達家当主の俺がわからぬとは……」

わずか五歳のルルと藤子が、算数を学んでいるはずがない。

それよりも、まずは漢字の読み書きが先であろう。

「雪はわかるのか？」

「ええ、この島にも和算という学問がありますので。利息計算、運上金の計算、収穫量からの税率の計算、不作の時の減免率の計算、開墾した土地の貢献度に比した分配、検地と。和算を使わないでは統治も侭なりませんので」

「雪はとても頭がいいのですよ」

彼女と幼馴染である涼子は、雪が文武に長けた天才と呼ばれていたのだとみんなに教える。

俺にもわかった。この中で一番頭がいいのは、間違いなく雪であろうと。

当主名、細川藤孝だものな。

ゲームだと、ステータスが優秀な人だったし。

「私たちには魔法があります！　お店のお手伝いをしているので簡単な計算くらいは……」

「私も商売人の家の子なので、会計の基本くらいはできますよ」

「私もです。お兄ちゃん、そういうの苦手だったから」

アグネス、シンディ、ベッティ。

別に、無理に雪や魔王様と張り合わなくても……。

三人は商売人の家の子なので、会計の基本はできるというわけか。

「せっかくみんなが集まったので、これからどうするかなんだけど」

「えっ？　あとは東方と南方の併合で終わりでしょう。魔族のこともあるから、早くしないと駄目なんじゃないの？」

ルイーゼは、この島の統一を急ぐべきだと意見を述べる。

「それしかないわね。ユキさん、東方と南方ってどんな感じなのかしら？」

「ともに、複数の有力諸侯が勢力拡大を狙っている状態です」

雪は、東方と南方の諜報(ちょうほう)活動にも力を抜いていなかった。

まずは東方。

ここは、農業と商業のバランスがいい地域だそうだ。

「今川(イマガワ)家、北条(ホウジョウ)家、武田(タケダ)家、上杉(ウエスギ)家、織田(オダ)家などが有力諸侯ですが、飛び抜けた勢力はいません。この五家にしても、動員兵力は五百がせいぜいですから」

聞いたことがある領主が多いな。

織田家か……やっぱり、信長(ノブナガ)さんがいるのかな？

「南方は、毛利家、長宗我部家、竜造寺家、大友家、島津家などが有力諸侯です。東方と状態は同じです」

ドングリの背比べで、三好家のような大領主はいないわけだ。

それで、小競り合いを続けていると。

「まずは、東方から併合していこうか」

「それがいいと思います」


雪も賛同したので、バウマイスター伯爵家諸侯軍は五千の戦力で東方へと進撃しようとした。

ところがその直前、雪が東方の様子を探らせていた忍びから思わぬ報告が入ってくる。

「大変です！　今川家の当主が討ち死にしました！」

「今川って、義元？」

「そうですが……お館様は、よくご存じでしたね」

「井戸を掘っている時に、噂話で聞いたんだよ」

「そうでしたか」

まさか前世で同じ名前の大名がいたとは言えず、俺は噂で聞いたと咄嗟に嘘をついて誤魔化した。

今は、今川家の当主の名前よりも気になることがある。

討ち死にしたって聞いたような……。

「討ち死にって言ったよな？」

今まで何度か戦はしたが、敵味方双方に犠牲者は一人も出ていない。

偶然かと思ったら、この島の戦はそんなもの。

いや、討ち死にを出すのを極端に嫌がる傾向のようだ。

「由々しき事態です。織田のウツケが、まさか戦の決まりすら守らぬ女とは……」

「噂には聞いていたが……」

「しかも当主を討つか？　普通」

雪、三好義継、十河義興——彼には西方を任せるため、分家である十河の姓と家督を継いでもらった——は、戦で当主を討ってしまう織田家に批判的であった。

「でも、戦だろう？」

「お館様も今まで何度か参戦して理解しているとは思いますが、戦で人殺しは所作見苦しいというのが常識です」

この島の戦、ヘルムート王国の紛争とそう違いはないのか？

でも、上に立って調停をする者がいない。

戦自体も、魔法使いである大将同士の魔法比べや、武将同士による腕比べが主流のようだ。

「兼仲は、涼子と雪に降伏を迫っていなかったか？」

「あの時はとにかく水がなかったので、秋津洲家を力で押さえ込んででも御所付近の水の優先使用権が欲しかったんです。討ち取ったり、滅ぼすつもりはなかったですよ」

紛争と違うのは、時に利権や領地を奪われるケースがあることか。

最後まで抵抗せず、利権や領地を渡してしまう。

領主階級が魔法使いのため、兵や領民も自分の領主が魔法比べや腕比べに負けてしまうと抵抗しないで降ってしまう。

こんな狭い島なので、本気で殺し合いの戦を始めると犠牲が大きくなりすぎてしまうと考えたのであろうか？

でも、徹底して殺し合う気性でなかったから、俺の平定作業も順調なわけだ。

ある意味、強大な魔力でゴリ押ししているとも言えたが。

「戦に負けても滅ぼされる領主なんてほとんどいません。降って所属を変えるか、領主とその一族が追い出されるのが普通です」

もしくは、西の大領主が兵を出せばすぐに降り、東の大領主が兵を出せば今度はそちらに降る。

犠牲は出ないが、島の統一も難しいというわけだ。

「織田家はルールを破ったのか」

「どういう方法か知りませんが、当主を討ち取るなど不作法もいいところです！」

「そうだな」

「織田のウツケに相応(ふさわ)しい行動ではあるか……」

雪、義興、義継は、織田家のやり方に反感を覚えたようだ。

俺が思うに、こんな茶番をしているから島が一向に統一されないのだと、織田家の人がブチ切れてしまったのではないかと思ってしまうのだが。

「織田家の当主って、どんな人なんだ」

「当主は織田信秀(ノブヒデ)、とても商売熱心な方だと聞いております。義元を討ったのは、その長子である織田信長」

「信長？」

ここに来て、織田信長の名前が出てしまった。

今川義元が討たれてしまったのだから、これはつまり桶狭間なのか？

「織田家の当主の通り名は信秀だよな？　現当主がそうなのだし」

「それが、織田のウツケは『代々同じ名前を継ぐなんて古臭い！　我は、新たに信長を名乗るのだ！』と言ったそうです。本当の名は吉子というのですが」

この世界の信長は女なのか。

そして、本名は吉子……。

その今までの常識を打ち破る行動を見るに、似合っている名前ではあるのか。

「あんまり関わり合いになりたくない」

「そうだね。フジコの『眼帯の下の暗黒紅蓮竜が！』なんてまだ可愛げがあるものね」

「ルイーゼ、この眼帯の下には本当に竜がいるのだぞ」

「はいはい、そうだね」

「こらぁ！　バカにすると暗黒紅蓮竜がルイーゼを焼き尽くすぞ！」

ヴィルマ、残念だが東方を平定するのに織田信長との対決は避けて通れないんだ。

ルイーゼ、藤子のはあくまでも魔法の威力を上げるメンタル強化方法だからな。

彼女を挑発しないでくれ。

あの炎の竜を出されると熱いのだから。

「どうせ戦わねばならないんだ。東方を速やかに平定するぞ」

俺の命令で五千の軍勢は、一気に東方へと雪崩（なだ）れ込んだ。

「降伏します」

中央に近い東方地域に領地を持つ領主たちは、バウマイスター伯爵家の情報を知っていたのですぐに降った。

「もう手に負えません。北条家も降ります」

東方で大きな領地を持つ北条家の当主氏康（ウジヤス）は、一戦もせずにこちらに降った。

彼の目の下には酷（ひど）い隈（くま）が目立つが、原因は俺たちではない。

この地で三つ巴（みつどもえ）の争いを繰り返す織田家、武田家、上杉家の存在のせいであった。

「織田のウツケ、武田の卑怯（ひきょう）、上杉の戦好き。今は三者で睨（にら）み合っていますが、いつこちらに牙を剥（む）くかわかりません。降伏の条件も厳しいものではありませんし、あの三家を押さえてくれるのなら……」

氏康は三家の対処で身も心も疲れていたらしく、なんの抵抗もしないで降った。

かなりの苦労性に見えてしまう。

「北条家は、今川家、武田家と同盟を結んでいたと聞きますが」

ここで、俺の傍（そば）に控えていた松永久秀（マツナガヒサヒデ）の娘、唯（ゆい）が氏康に質問をした。

「いかにも。ここ最近、織田の小娘が今川に妙なちょっかいをかけることが多く、義元殿は忠告のために兵を出したのです」

それが、いきなり奇襲を食らって今川軍は崩壊し、領地も大半が織田家によって併合されてしまったそうだ。

　さらに同盟を結んでいたはずの武田家までもが、どさくさに紛れて今川家の領地をかすめ取ってしまった。

「戦で当主を討つなど、卑怯にもほどがあります！」

「細川殿、義元殿は生きていますぞ」

「あれ？　死んだと聞きましたが……」

「戦場が混乱しておりましたからな。義元殿は負傷が激しく、軍勢も崩壊したので家臣がこちらに避難させてきました」

　おかげで死なずに済んだが、領地は織田家と武田家によって分割されてしまった。

　義元の家族も、処刑はされていないが軟禁状態にあるという。

「織田のウツケ殿は、武田家を激しく非難しました。今川家の領地は戦に勝利した自分たちのものなのに卑怯だと」

「間違ってはいないけど、『お前が言うな！』って感じね」

「ウツケのやり方に、信秀殿も抗議したのですが、逆に当主の座を奪われて領地を追放されました。彼女の弟である信勝（ノブカツ）殿も一緒に追放されております。武田家も同じです。現当主である信虎（ノブトラ）殿が追放され、長子の晴美（ハルミ）が信玄（シンゲン）を通り名として武田家を乗っ取ったのです」

　武田家の当主も女なのか……どちらも気が強そうな女ばかりだな。

「最後の上杉家は？」

「あの家は、元々小領主でもある家臣の力が強い家なのです。それを前当主為景（タメカゲ）の急死後、その娘である竜子(タツコ)が反抗的な小領主を追放し、上杉家の力を強くしました。彼女は、当主の通り名を謙信(ケンシン)と改め、周辺の小領主を降すか追放して力を増しています」

「厄介なのが三人もいるじゃないか」

この三名、当然魔法使いで中級レベルの実力者である。

煮え切らないルールのため、一向に統一が進まないこの島の現状に憂慮し、力技を用いても統一すると決起したが、三人は所領が近いので、勢力拡大の途中で激突するようになったのだと、氏康が説明してくれる。

「今川義元主従、信長に追放された義元殿の家臣、織田信秀、信勝親子、武田信虎殿、旧上杉家臣の本庄(ホンジョウ)家、竹中(タケナカ)家、新発田(シバタ)家など。さらにこの三家に領地を奪われた村上(ムラカミ)家、諏訪(スワ)家、松平(マツダイラ)家、蘆名(アシナ)家、神保(ジンボウ)家……他にも多数です。みんな、なぜか北条家を頼ってきましてね……」

「一番の大身で、再び戦に負けて追放される危険性も少ないからな」

エルの推察どおりだと思うが、三人が暴れたせいで中立的な小領主が減り、逃げ込む候補が減ったのも理由であろう。

「これだけの方々を養い続ける財力が……」

北条家は東方にある有力五家で統治者として一番評判がいいのに、こんなに亡命者を抱え込んでしまうと増税でもしないとやっていけないはず。

氏康は、信長、信玄、謙信の戦バカたちに恨みつらみがあるのであろう。

彼らの身勝手な行動に頭を抱えていた。

「それで、彼女らは？」

「なんでも、最終決着をつけるそうです。三人から、お前も加われと文が来ました。戦費なんてありませんけどね！」

一番まともそうなのに、近所に三人ほどDQN（ディー・キュー・エヌ）がいるばかりに苦労するとは、この氏康というおっさんは不幸の星の下に生まれてきたのかもしれない。

「あなた、急ぎましょう」

「そうだな。義元殿は大丈夫なのか？」

「はい、応急処置がよかったので重傷の割には簡単に治りました」

エリーゼは負傷して寝込んでいる今川義元の治療を行い、無事に回復させたようだ。

このおっさんも死亡説が流れたり、家族が信長に監禁されたりと不幸以外の何者でもないと思う。

「では、行くか……」

あまり関わり合いになりたくない雰囲気を醸し出す三人であるが、こいつらを好き勝手させておくと、本物の血で血を洗う戦乱に突入しかねない。

バウマイスター伯爵家諸侯軍は、三人の軍勢が睨み合う場所へと向かった。

「おー――い！　空気が読めないおバカ三人娘！」

「なんだとぉ――！　お前が噂の侵略者バウマイスター伯爵か！　我は織田信長だ！」

エルの単純な挑発に一番最初に乗った、この世界の織田信長はヤンキー系美少女であった。

染めたと思われる茶髪に、フルプレートに似た鎧（よろい）、この島は一万年以上も鎖国をしていたくせに、リンガイア大陸風の軍装をつけている。

どこから入手したのかは知らないが、舶来物好きなところだけは前世の信長によく似ていると思った。

「俺は、バウマイスター伯爵の家臣！　エルヴィン・フォン・アルニムだ！」

「お前には用がない！　バウマイスター伯爵はいるか？」

「ぷっ、信長は雑魚だから相手にされないんじゃないのかしら？」

「言ったな！　このおチビが！」

「体の大きさなんて関係ないわよ。戦はここで勝つのよ、ここで」

真っ赤な鎧をつけ軍配を持った小さな少女は、自分の頭を指差す。

彼女が第二のＤＱＮ、武田信玄のようだ。

「軍勢の数だけは立派ですね」

「ビビったのか？　おチビ」

「なんですって！　この脳筋娘！」

信長と信玄は、俺たちの存在を忘れたかのように醜い口喧嘩を始めた。

レベルはほぼ同じで、とても低く安定している二人だ。

「敵がいくらいようと、すべて叩き潰すのみ！」

三人目の少女は、僧兵風の格好に薙刀を持った黒髪の美少女であった。

だが、三人目のＤＱＮなので俺は勿論トキメキもしない。

彼女が上杉謙信のようだ。

「これだから戦好きは……同類扱いされるから、私に近寄らないでほしいわ」

「常に卑怯な策ばかり考えているおチビには言われたくない！」

「信長もだけど、あんたたちはいつも人をおチビ扱いして！」

「我は、事実を言ったのみだぞ、チビ」

「それが失礼だってのよ！」

まるで俺たちなどいないかのように、三人はレベルの低い言い争いを続けていた。

「レベルの低い言い争いだな」

「ああ……」

俺とエルは、三人のくだらない言い争いを聞いてテンションを下げた。

というか、そろそろこちらの相手もしてほしいところだ。

「外からの侵略者がなんだ？　我は、おチビと戦好きを倒してお前に戦を挑む！　この島を統一し、バウマイスター伯爵領とやらを併合し、ヘルムート王国、アーカート神聖帝国、魔族の国をも平らげて世界の王となるのだ！」

この世界の信長も、気宇壮大であった。

ただし、現実は見えていないようだが……。

「言い分は聞いてあげたから、本題に入るぞ。お前さんが頑張らなくてもバウマイスター伯爵家がこの島を統治するから、安心して降るように」

「バカにしているのか？　ちょっとくらい魔法が使えるからって！　勝家（カツイエ）！」

「おう！」

信長に降るように言うと、彼女はキレてしまったようだ。

後ろに控えていた身長二メートルはありそうな大男が、馬に乗ってこちらに突撃してくる。

「ははは！　織田家一の猛将である勝家に勝てるかな？」

「戦いたい人は？」

「は――――い」

勝家って言ったから、柴田勝家風な人なのであろう。

猛将という共通項はあるか。

魔力も持っているが、それでも初級くらいだ。

小領主の小競り合いくらいなら、魔力をパワーに乗せて戦えばほぼ無敵だと思う。

俺が戦うまでもないので希望者を募ると、ヴィルマが手を挙げた。

許可を出すと、華麗に馬に飛び乗り、大斧を持って勝家へと突進していく。

「俺に勝てるか！　チビ！」

「噛ませ犬は、物語でもそういうセリフをよく言う」

「抜かせぇ――――！」

「あと、馬が可哀想」

残念ながら、この世界の柴田勝家はヴィルマの挑発に簡単に乗ってしまう猪武者であった。

この島の馬についてだが、外の馬に比べると一回り小さく、勝家ほどの巨体が乗ると馬が大変そうに見えた。

ヴィルマはバウマイスター伯爵領から持ってきた馬に乗っているので、そんなことはない。

「馬上にてその大斧を振るうか！」

「別にどこでも使える」

「自信満々なのは今のうちだけだぞ！　我が槍(やり)の前に破れるがいい！」

二人は武器を構えながら馬を走らせ、一瞬だけ交差した。

俺にはただすれ違っただけにしか見えなかったが、エルは違う意見のようだ。

「ヴィルマの勝ちだな」

「そうなのか？」

「一撃で決まったよ」

エルの言うことに間違いはなかった。

その直後、意識を失った勝家が馬から落ち、勝利したヴィルマが大斧を掲げたからだ。

「まあまあ強かった」

「勝家が……」

「駄目じゃないの。武田家が四天王を出してあげるわよ。信春(ノブハル)、昌豊(マサトヨ)、昌景(マサカゲ)、昌信(マサノブ)」

「「「「ははっ！」」」」

「弥太郎(ヤタロウ)！」

「お任せを！」

信長と信玄と謙信。

共闘しているわけではないが、先に俺たちを倒した方がいいと判断したのであろう。

この三人、実は気が合うのかもしれない。

信玄は負けた勝家を出した信長に文句を言いつつ、多分四天王扱いの馬場(ババ)信春、内藤(ナイトウ)昌豊、山県(ヤマガタ)

昌景、高坂(コウサカ)昌信を、謙信は鬼小島(コジマ)の異名を持つ小島弥太郎を出してきた。

なぜ彼らの名前がわかるのかと言えば、俺の傍にいる唯さんがそっと教えてくれるからだ。

「唯殿」

「以前から私の父は、長慶(ナガヨシ)公の命で各地域の有力領主とその配下について調べておりました。その情報を、長慶公の後継者であるお館様にお伝えしただけです。雪さんには心安んじて軍政を担当していただきたく」

「くっ！」

雪は、情報収集能力で松永父娘に先を越されたと、とても悔しそうな顔をしていた。

唯さんは俺よりも年上だが、出しゃばらず頭もよく気が利く綺麗(きれい)なお姉さんである。

松永久秀自慢の一人娘であり、将来は婿を取って松永家を継いでもらうそうだ。

俺は条件に合わないから、気楽につき合えていいな。

「ヴェル、行ってくるわね」

「ボクも行く」

「あたいも」

「某も！」

「いや、導師はやめとけ！」

ゾロゾロとムサイ兄さんや小父(おじ)さん武将が出てきて一騎打ちを所望し始めたが、イーナ、ルイーゼ、カチヤが勝負を受けて戦い始めた。

導師も暇なのか戦おうとするが、彼らはみんな初級魔法使いでしかない。

どう考えても敵の方が可哀想なので、ブランタークさんが止めた。

代わりに、導師が鍛え直していた兼仲が導師から与えられた六角棒を持って一騎打ちに臨んだ。

「信玄様以外の女子が、俺たちに勝てるものか」

「女子は後ろでお菓子でも食べているがいい」

「勝負に負けて泣かないようにな」

「外の世界では、女子に戦わせなければいけないほど男が弱いらしいぞ」

武田四天王の面々は、女性が一騎打ちに出てきたのでバカにし始めた。

「いやね、ああいう言い方をする人って」

「イーナちゃん、ああいう発言をする人って大抵それほど強くないから」

「あんまり強そうには見えないけど、旦那のためだ」

「う――――む、なぜかあまり強そうに見えない。師匠のおかげか？」

イーナ、ルイーゼ、カチヤ、兼仲は武田四天王と一騎打ちに臨んだが、俺がどいつがどいつか見分けがつかないまま全員倒されてしまう。

死んではいないが、暫く意識を戻さないであろう。

「なっ！　私の四天王が！」

「四人いるということは、私の鬼小島の四分の一の強さなのでしょう。私の鬼小島は……」

「あまり強くないのである！　ガッカリである！」

ブランタークさんの静止を振り切った導師は、謙信自慢の猛将小島弥太郎を一撃で殴り倒し、その意識を刈り取ってしまう。

殺してはいないが、脳震盪で完全に戦闘不能だ。

残念ながら彼は、自慢の大太刀を抜く暇すら与えてもらえなかったようだ。

「駄目じゃねえか」

ブランタークさんが、三人のＤＱＮ自慢の配下に駄目出しをした。

「実は織田軍で一番強いのは我だ！　バウマイスター伯爵、尋常に勝負しろ！」

「奇遇だな、信長。私もバウマイスター伯爵と勝負しようと思っていたんだ」

「鬼小島がやられた以上は、私が出なければなるまい」

自慢の猛将をうち破られたＤＱＮ三人娘は、一斉に俺に勝負を挑んだ。

「三対一か？」

「なにを言う。我は一騎打ちを望んだのだが、信玄と謙信が割り込んだのだ。我には他人に譲るという選択肢はないので、あの二人がバウマイスター伯爵に同時に挑もうと、我には関係ない」

信長はとてもいい性格をしていた。

彼女は、自分一人では俺に勝てないと瞬時に理解したのだ。

だから三人で俺を倒そうとするが、あくまでも自分は一騎打ちを望んだ、信玄と謙信は、勝手に加わっただけで関係ないと言い放った。

今までにない、清々しいまでの卑怯っぷり。

勝つために手段は選ばない女なのであろう。

「信長が退かないが、時間がないので仕方がありません。私はあくまでも、一対一で戦いに挑んでいます」

信玄も信長と同じく、ここは三人で俺を倒してしまい、あとでまた三人による戦いを再開しようと目論（もくろ）んでいるようだ。

「まあ、仕方がないな」

戦好きと噂される謙信は、戦えれば卑怯もなにも関係ない。それ以上に、勝てれば嬉しいタイプのようだ。

結局三人同時に戦いを挑み、俺対信長、信玄、謙信の戦いになってしまう。

「いい性格をしていますわね」

「貴族や王としては間違っていないのじゃがな……」

いい性格をしている三人に、カタリーナとテレーゼも呆（あき）れていた。

元々大貴族であったテレーゼは三人の作戦を理解してはいたが、今となっては卑怯としか言いようがないと思っているようだ。

「あなた、頑張ってくださいね」

「すぐに済ませるよ」

俺はエリーゼにすぐ戻ると言ってから、三人の前に立つ。

「聞いたか？　信玄」

「聞いていないが、聞いている。この状況で随分と余裕よね」

「まあよかろう。我々ではなく、私が勝つのだ」

この三人、先ほどまでそれぞれ軍勢を率いて睨み合っていたのに、俺という大敵の前ではとても仲がよかった。

「お前ら、実は仲いいだろう？」

いい性格をしているという部分と、いきなりこれまでのルールを破ってしまうというKY（ケー・ワイ）な部分では似た者同士、とても気が合っているように俺には見えるのだ。

「誰が仲がいいものか！」

「あくまでも、たまたま攻撃の機会が一緒になっただけよ！」

「バウマイスター伯爵、降伏すれば命だけは助けてやるぞ」

「その言葉をそっくり返すよ」

謙信の降伏勧告を、俺はそのまま三人に返した。

「いかに魔力に自信があるとはいえ、三人ならば！」

「まずはバウマイスター伯爵を降してから、東方、アキツシマ島全土と平定を進めるべきか」

「どのみち、信長と信玄とはケリをつけないといけない。先に倒されるがいい」

信長は『火炎』魔法を、信玄は『カマイタチ』の魔法を、謙信は『氷弾』で俺に攻撃を仕掛けたが、すべて『魔法障壁』で防いでしまう。

この三人、そこそこ有望な中級魔法使いという感じだ。

「三種類の属性魔法攻撃だ！　思い知ったか？」

信長が魔法を連発しながら高笑いを続けているが、特に工夫もない攻撃魔法なので欠伸（あくび）が出そうなほど暇だった。

師匠のように、魔力が多い敵に対し色々と応用を利かせるというレベルに達する者は少ないようだ。

「もっと派手なのはないのか？」

三人の大したこともない魔法が続くので俺は退屈してしまい、つい余計なことを口にしてしまう。

それを挑発だと受け取った三人は激高した。

「言わせておけば！」

「ならば食らうがいいわ！」

「地獄で後悔するなよ！」

三人は俺の挑発に簡単に乗ってしまい、信長は『火柱』魔法を、信玄は『竜巻』魔法を、謙信は巨大な『氷弾』を作ってさらに激しく攻撃を続ける。

だが、こちらにはまったくダメージがなかった。

魔力も向こうばかりが大量に消費し、俺は必要最低限の『魔法障壁』だけで三人の魔法攻撃を防いでいる。

「（もうそろそろかな？）」

中級魔法使いが上級魔法使いが展開した『魔法障壁』を撃ち破らんとする時には、一撃で全魔力を用いるくらいしないと駄目だ。

それなのに、中途半端な威力の攻撃魔法をダラダラ連発している時点で負けは確定した。

もうこれ以上は時間の無駄というやつだ。

「はあ……はあ……」

「なぜバウマイスター伯爵の『魔法障壁』が破れない」

「こんなはずは……」

三人は次第に口数も少なくなり、ついに大半の魔力を使い果たして動けなくなってしまう。

だが、彼女たちはここで逃げるわけにはいかない。

三人は、魔法の強さで家臣や兵を率いてきたのだ。

ここで逃げたら、その軍勢は崩壊してしまうであろう。

そうでなくても、すでに三家の名だたる猛将たちが俺の妻たちに倒されているのだから。

「なにか攻撃魔法を披露しないとな」

犠牲を少なく勝利するためには、圧倒的な力を見せて相手の心を折らなければならない。

そこで俺は、膨大な魔力を使って三人の前に巨大な『火柱』を派手に撃ちあげた。

「導師が『なんとかライジング』とか言ってたな」

「バウマイスター伯爵、なんとかでは格好がつかないのである！　『バースト・グレーン・ライジング』である！」

「そう、それでした！」

とにかく相手をビビらせることだけが目的の魔法なので、『火柱』は高さ五十メートルを超えるものとなった。

「これは、思ったよりも熱いな……」

「これだけ派手な火柱をあげれば当然ですわ」

ここは亜熱帯の島なのでとても暑くなってしまったが、脅しの効果は十分にあったようだ。

「ひぃ……」

「魔法の威力が違いすぎる……」

「勝てない……」

巨大な『火柱』を見たDQN三人娘はその場で腰を抜かし、彼女たちが率いていた兵士たちも、なにも言わないのに次々と武器を捨てていく。

これにより、織田軍、武田軍、上杉軍は降伏し、三人のせいで混乱していた東方もバウマイスター伯爵家によって併合されたのであった。

第五話　高速アキツシマ島統一

「キリキリ働くのである！」

「無謀な戦で荒らした分は、開墾で倍にして返せよ。せっかく魔力があるんだ。生産力の増大に貢献するように」

「「「わかりました！」」」


この世界にいた織田信長、武田信玄、上杉謙信の通り名を持つ三人の少女たちは、俺たち膨大な魔力を持つ魔法使いの前に膝を屈した。

天下統一のためだからという理由で犠牲者が出る戦を行った罪により、三名は当主の地位を強制引退。

元々クーデターで当主の地位に就いた者の方が多かったので、彼女たちは当主に就任していなかったことにされてしまった。

織田家は、北条家で匿われていた信長の父織田信秀が一日だけ当主に復帰、信長の弟で信勝という少年がいたので、彼が本来の通り名信秀を継いで当主となった。

隠居した信秀も、暫くは信勝の補佐を行う。

織田家の新しい通り名になるはずだった信長は夢幻と消え、彼女は織田吉子に戻っている。

武田家も、北条家が匿っていた信虎が旧武田領の代官として一日だけ復帰。

すぐに信玄の弟信繁が、従来の武田家当主信虎の名を継ぎ、新しい通り名としての信玄も二度と使われないことが決まった。

縁起が悪いからであろう。

彼女も、ただの武田晴美となる。

上杉家も同じで、先代為景の名を継いだ竜子の従兄が上杉家の家督を継いでいる。

謙信の通り名もタブーとなり、謙信は上杉竜子に戻った。

実家を追われた三人は、今罰として導師監視の下で魔法による開墾を行っている。

戦で荒れた東方地域の復興と開発を、責任を持って行うことになったのだ。

逃げようにも、監視役は導師である。

それに、魔導飛行船がないのに小さな船で逃げても、たかが中級レベルの魔法使いだと確実にサーペントの餌であろう。

特にこの島の周辺海域には、サーペントの巣が大量に確認できた。

彼女たちだと、頑張っても一回に数十匹倒せればいいくらいだ。

その程度だと、仲間を殺されて激怒した他のサーペントたちの餌食にされてしまう。

この島が一万年以上も外部と交流がなかったのには、ちゃんとした理由があったのだ。

彼女たちが魔導飛行船を奪ったとしても運行は不可能だし、他の場所に逃げても生活が成り立つ保証もない。

三人は、導師監視の下、大人しく土地を開墾している。

攻撃魔法が得意なようだが未熟な点も目立つので、それはブランタークさんなどが指導することになった。

「バウマイスター伯爵様、我らは戦の方が得意なのですが……」

「南方平定の時には是非ご指名を！」

「戦でこそ、私は輝くのです」

「却下。お前らは、多くの東方諸侯に恨まれている。戦で荒らした場所を元に戻すのが最優先だ」

この三人がＤＱＮ(ディー・キュー・エヌ)と言われる所以(ゆえん)は、今までのこの島のルールでは一向に統一できないと本気の戦を仕掛けてしまったことだ。

織田家は、今川(イマガワ)家、水野(ミズノ)家、松平(マツダイラ)家などの領地を奪い、武田家も村上(ムラカミ)家、諏訪(スワ)家、木曽(キソ)家の領地を奪っている。

上杉家も反抗的な家臣の領地を奪い、神保(ジンボウ)家、畠山(ハタケヤマ)家などの領地を奪った。

当然犠牲者も出ており、この三家は新当主になっても肩身が狭い状況であった。

そのため、東方全体の代官は、領地を奪われた領主とその家族を匿って養っていた北条氏康(ウジヤス)に、その補佐に負傷から復帰した今川義元(ヨシモト)がついている。

匿われていた領主たちも、代官としては復帰できたので喜んでいる。

領主ではなくなったので不満がある者もいるかもしれないが、あの三人のＤＱＮを魔法で圧倒した俺に逆らうほど、現実が見えていないわけでもないであろう。

それに彼らからしたら、俺よりも三人の方が憎いという者の方が多いのだから。

処刑しろと言う者もいたが、俺がこの三人を生かして開発作業に従事させているのは、バウマイスター伯爵家への不満や怒りが彼女たちに向かうことで統治が楽になるからである。

復興や開発で扱(こ)き使っているので利益もあり、こういう考えに至る俺は貴族らしくなったのであろうか。

「あんな性格だから、俺たちが監視しながら使うしかないんだよなぁ……危なっかしくて」

「そうですね。うちは上級魔法使いが多いですから、ちゃんと見張れますし」

リサから見ても、この三人の性格はかなり危うく見えるようだ。

中級レベルなので島外でも引く手数多(あまた)だと思うが、この三人がたとえば貴族間の紛争に参加したとして……空気が読めないので、本気で戦って犠牲者を出す可能性は高い。

実家からは放逐するが、バウマイスター伯爵家の管理下から外すわけにいかなかった。

領主階級で魔力が遺伝するというこの島独自の特徴があったが、長い年月で徐々に魔力が劣化していき、遺伝しても初級レベルが平均になっていた。

だからこそ中級である三人娘は自分たちは選ばれた人間だと思い、最終目標は世界征服なんて夢を見たのであろう。

彼女たちがそう思ってしまう土壌が、この島にはあった。

アキツシマ島(トウ)の住民が異民族であるバウマイスター伯爵家の支配を素直に受け入れたのには、上級魔法使いの多さがあった。

黒硬石の岩盤をぶち抜いて井戸を掘れる魔法使いがここ数百年出現しておらず、彼らは水不足が深刻化するかもしれない危機に怯(おび)えていた。

そこに新たに井戸を掘れる俺たちが来たので、特に悪政を行うわけでもなく、受け入れて当然という流れになったようだ。

外部との交易も行え、移民も可能かもしれないという点もあった。

三人娘たちの考え方は、そこまで間違っていなかったのだ。

方法は全然駄目だとしても。

「うぉ――――！　外の魔法使いがここまで凄いとはぁ――――！」

この三人の他にも、開墾を手伝っている者たちがいた。

行動はＤＱＮだったが一定の支持者がいた彼女たちにつき従い、主家を出た者たちがいたからだ。

柴田勝家、武田四天王、小島弥太郎の他に、十数名の初級魔法使いが開墾を手伝っている。

前田利家、丹羽長秀、滝川一益、武藤喜兵衛、柿崎景家とか、どこかで聞いたような名前の者が多かった。

「それでも、監視は必要だから面倒だな」

「そうですね。監視を緩めて暴れられでもしたら押さえる手間が面倒です」

今はとにかく、開発で魔力を搾り取って余計なことを考えさせないようにしないといけない。

ただ導師のみならず、リサも監視役として置いているから井戸を掘る速度が下がって困ってしまった。

「ほら見ろ、信玄。お前が陰湿な手段ばかり用いるから、お館様に信用されないのだ」

「人のことが言えるのかしら？　今川義元を奇襲で大怪我させたあなたに」

「私のように正々堂々と戦えば、そのような評価は受けぬのです」

「戦バカの謙信に言われたくないですね」

「お前は、容赦なく戦うから怖いんだよ」

怒られないようちゃんと作業をしながらであったが、この三人、敵対していた割には会話が弾んで仲がよさそうに見えてしまう。

今は同じ立場だから、余計そういう風に見えるのであろうか？

「織田家の家督を弟の信勝に取られてしまった。あいつと親父なら、領地なしで給金を貰って代官をするくらいがちょうどいいか」

「うちの信繁も同じです。彼は父に気に入られていましたからね」

「今の上杉家の家督なら、特に未練もありません。暫くは魔法の修練をしつつ、機会を狙います」

「機会だと？　謙信、また兵でも挙げるのか？」

「信玄、今さらそんなことをして何になるというのです。私は、勝ち目のない戦は嫌いなのです」

「それは奇遇だな。我も負けるのは嫌いだ」

またよからぬことを考えていないだけマシか。

この三人は勝利するのが好きだから、無謀な、最後の意地を見せるための反乱など起こさないというわけだ。

「信長、なにか考えたのですか？」

「簡単なことだ」

「簡単なこと？」

「この島で平定されていない場所は南方だけ。あの三好長慶でも成し遂げられなかったアキツシマ島の統一は、お館様によって成し遂げられる」

「それはわかります。それがなにか？」

信玄は、なにを今さらそんなことを……といった表情を浮かべた。

「早く結論を言いなさい、信長」

「落ち着け、謙信。ならば、次に我らが目指すものはなにか？　ずばり！　我が女だからこそできる天下取りの方法。お館様の寵愛(ちょうあい)を受け、生まれた子供がこの島全体の代官に任じられれば勝ちなのだ！」

「秋津洲高臣(アキツシマタカオミ)、細川藤孝(ホソカワフジタカ)、伊達藤子(ダテフジコ)などがいますが……」

信玄は、この三人が俺の妻の座を狙っている情報を掴(つか)んでいた。

この世界の信玄も、情報収集に長(た)けているのは前世と同じか。

「抵抗がないわけでもないが、女として色々と磨く必要があるな。エリーゼ様たちが産んだ子供たちは、あくまでもバウマイスター伯爵領本領を継いだり、家臣になる身。我がお館様の子を産んで寵愛されるように女を磨くのだ」

「信長がそういうのであれば、この武田信玄も負けていられませんね」

「つまり、これは女の戦なのですね。受けて立ちましょう」

この三人、そういう相談は俺がいないところでやってくれないかな？

これ以上、厄介な女はいらないんだが……。

「リサ、俺、あいつらは嫌」

なかなかの美人なのだが、すでに俺のイメージではＤＱＮ三人娘でしかない。

俺は元々、前世では普通で真面目な学生だった。

故に、この三人がヤンキー系に思えて、生理的に苦手な部類に入る女性にしか見えないのだ。

俺の子供を産んだ直後に騒動を起こさない保証もないし、このまま距離を置いておきたかった。

「なにか、うっ憤を晴らせる場所が必要でしょうか？」

「ルルがいた島にある魔物の領域にでも押し込もうかな」

冒険者にしてしまい、毎日魔物を狩らせて余計なことを考えさせないようにしようか？

パーティメンバーは、三人についてきた元家臣たちでいいであろう。

「となると、今が絶好の機会か？」

「そうなのか？　信長」

「わからぬのか？　謙信。今お館様の傍には、年増のリサ様しかおらぬではないか」

「なるほど！　他に女はいないな」

「ここでこの信玄がお館様の寵愛を受け、お前らはガサツな女だから無視されるのですね」

「リサ、ドウドウ」

「あの三人、面白いですね……」

この三人、俺たちに聞かれているとも知らずそんな会話をしているのが凄い。

距離が離れているので、俺とリサが監視も兼ねて三人の会話を魔法で盗聴しているのだが、彼女たちに年増扱いされたリサの顔に冷たい笑顔が浮かぶ。

「信玄のような発育不良な女に需要などない。ここは、この三人の中で一番胸も大きく、腰も細い我が寵愛されるに決まっておろう」

「信長、胸の大きさなら、私もそう変わらないぞ」

「戦バカの謙信など、お館様が相手にするか。今は女にも癒しが求められるのだ」

「信長のどこに癒しがあるのだ？　エリーゼ様ならわかるが……」

謙信の言うとおりだ。

俺も、この三人に癒しなど求めていない。

「ふん、我に負けているからといって。今は、ここにいる女子の中で一番ならいいのだ。我の魅力をもってすれば、年増のリサ様など」

「年増のリサ様に勝ったとして、私のことを忘れていないか？」

「信長も信玄も笑える。年増のリサ様に勝っても、ここに戦の天才改め女の天才、上杉謙信がいるではないですか」


「…………っ」


「リサ、ドウドウ」

あの三人、聞こえていないと勝手に勘違いして、とんでもない話をしていやがるな。

俺はもう知らないぞ。

「旦那様、少し失礼します」

「あんまりやりすぎないようにね」

リサは、少しの間その場から離れた。

きっと昔のような衣装に着替え、化粧をしに行ったのであろう。

「う――む、毒をもって毒を制すである！」

数分後、リサは俺たちと初めて出会った時と同じ服装とメイクで現れた。

そのあまりの衝撃に、信長たちは口をあんぐりとさせながら動けなくなってしまう。

「よくも散々言ってくれたね！　お前らも、もう十年もすれば年増なんだよ！　無駄口叩く暇があるなら真面目に働きやがれ！　これは罰だ！」

三人に怒鳴りながら、リサが無造作に『冷気』を近くの巨岩に放つと、カチンコチンに凍ってしまった。

彼女の『冷気』魔法は、俺が使用する『絶対零度』の概念を参考に、以前よりも大幅に強化されている。

続けて、リサが完全に凍結した巨岩に『氷弾』をぶつけると、巨岩は粉々に砕け、空中に舞った微細な岩片が日の光でキラキラと輝いていた。

「役立たずなうえに余計なことを考えたら、お前らも木っ端微塵に砕いて畑の肥料にするぞ！　わかったか？」

「「「了解しました！」」」

リサの変化に驚いた三人はその日一日中リサに厳しく監視され、ヘトヘトになるまで開墾作業に

従事させられてしまう。

　翌日以降は普段の姿に戻ったリサだが、またいつあのメイクと衣装になるのか不安で仕方がない三人は、素直にリサの指示に従うようになるのであった。

＊　＊　＊

「あの三人の考えることなど、容易に想像がつきます」

「罰で働かされているのを理解しているのでしょうか？」


　ＤＱＮ三人娘の監視を導師とリサに任せ、俺は大津城（オオツ）へと『瞬間移動』した。

　現在の大津城は完全にバウマイスター伯爵家の拠点となり、アキツシマ島副代官である雪（ユキ）がすべての統治実務を取り仕切っていた。

　軍勢を任せればそつなく指揮し、魔法が使えないかわりに刀術、槍術（そうじゅつ）、弓術、斧術（ふじゅつ）、薙刀術、馬術、操船の達人でもあるので、有能どころの話ではない。

　おまけに、そんな子が俺の一つ下だという。

　これだけ有能ならいくらでも一人立ちできるはずなのに、幼馴染（おさななじみ）でもあった涼子（リョウコ）を盛り立てていたのだから、かなり義理堅い性格もしていた。

『拙者の下に欲しいくらいの逸材です』

　その有能さはローデリヒも認めるところであった。

その雪にあの三人がしていた下らない計画を教えると、彼女も呆れた表情をしていた。

「とはいえ、もう少しお館様がこの島に来るのが遅かったら、彼女たちの誰かが島を統一したかもしれません」

「そうだろうな」

あの三人は、今までの戦のルールでは一向に島が統一されずにバラバラだという危機感があったからこそ、あのような行動に出たのだと思う。

俺がいなければ、あの三人がこの島を血で血を洗う乱世へと誘った可能性が高いわけだ。

もっともその想定は、この島にバウマイスター伯爵家が来たことにより無意味になっている。

「魔力が余っているとろくなことを考えないので、暫くは開墾作業に従事させましょう。まったく、今まで領主として威圧的な言動を繰り返していたくせに、急に女性を前面に押し出しても意味がないことくらい理解してほしいものです。お館様は、お涼様と私の夫になるのですから」

「おっ、おう……」

思わず、肯定とも否定とも取れない返事をしてしまった。

島の安定した統治のために、この島全体の代官である涼子と副代官である雪を妻に迎え、その子に継がせるのが重要なのはわかる。

だが、こうもストレートに言われてしまうと、どこか釈然としない部分もあった。

「今は南方平定の方が優先ですよ、雪さん」

「勿論、その計画は進めています。唯殿もそれはご存じでは？」

「そうでしたね」

ところで、あの松永久秀の娘である唯さんも話に入ってくる。

雪は統治に必要な官僚、代官組織の編成を行った。

トップは秋津洲高臣の名を継ぐ涼子だが、彼女は基本、神官なのでお飾りである。

実際の統治よりも、この島では廃れつつある神道に似た宗教と神社の復興を進め、彼女はそのトップとして統治の精神的な支えとなる。

ここで教会の教えを強引に持ち込むと新たな騒動の元なので、ミズホ公爵領と同じ方式にした。

こういう時に、ホーエンハイム枢機卿とツテがあると話が早くて助かる。

どうせ暫くはバウマイスター伯爵家の人間以外島には立ち入り禁止なので、押しかけ布教を試みる神官はいないであろう。

そんなわけで涼子は、普段は大津城の近くにある廃れた大社で秋津洲家が代々伝える神事や治癒魔法を用いた治療を行うことになった。

統治の実務は雪が当主を務める細川家が担当、唯さんは松永家の人間として副代官である雪を補佐する役割についている。

彼女も魔法は使えないが、松永家の一人娘なので高度な教育を受けており、非常に優秀であった。

他にも、雪の補佐についている中央領域の代官や官僚も多い。

彼らは、この島を統治する中央官僚という位置づけだ。

さらに、今までに平定した地域にも責任者がいる。

北方は伊達家、中央は三好家、西方は十河家、東方は北条家といった具合だ。

その下に各領地の領主からそこの代官にジョブチェンジした人たちがいて、上手くピラミッド型の統治組織が出来上がった。

俺はよくわからないので、みんな雪に任せたけど。

中には七条兼仲（シチジョウカネナカ）のように領主には向いていないし、やりたくもないという理由で中央官僚や武官に転身した者も多かった。

兼仲は中央で再編した治安維持用の警備隊の責任者になり、訓練と警邏（けいら）、たまに街道拡張工事などを手伝っている。

松永久秀も高位の文官に華麗に転身し、雪の下で辣腕（らつわん）を振るっている。

唯さんも雪が女性なので、傍に同じ女性がいた方がいいという理由で彼女についているのだが、この二人、仲が悪いのかもしれない。

二人で仕事をしていると、とても効率よく片付くようではあるのだが……。

「南方が平定できれば、さらに効率のいい開発が進められます。松永久秀殿は優秀なのですから、南方の責任者などはいかがですか？　唯殿も、南方の有力領主から婿を迎えればいい」

「松永家は中央を基盤としてまいりました。急に南方の責任者になっても、地元の人たちが言うことを聞かなくなる懸念があります。それに、松永家の婿については父に考えがあるようです。雪さんが心配する必要はありませんわ」

やはりこの二人、仲が悪いようだ。

雪は松永家を南方に移そうと画策し、唯さんはそれを堂々とはねのけた。

『松永家のことに口を出すな、小娘！』と顔に書いてあるが、それを見ても涼しい顔をしたままの雪も大したものだ。

「松永家にも外の者を？」

「そうなるかもしれませんが、それは雪さんが心配することではありませんよ。何事も、お館様次第です」

そう言いながら、俺に妖艶な笑みを見せる唯さん。

彼女は忙しそうに仕事をこなしながらも、あのＤＱＮ三人娘とは違って身嗜みにも気を使っていた。

あまり派手ではないセンスのいい打ち掛けを着ており、この島に香水はないが、ほんのりといい香りがする香を焚いていた。

誰から見ても綺麗なお姉さんであり、俺の一歳上とは思えないほど洗練されている。

雪も大津城に詰めるようになってから女性らしい格好をするようになったが、ずっと北方にいた影響であろうか、女性としての身嗜みは、どうしても唯さんの方に軍配が上がってしまう。

「お館様は、この島を統べる存在。誰を寵愛しようと自由なはず。血筋によって副代官職の正当性を求めるのは結構ですが、それはお館様への配慮がなっておりません。迫り方も無粋ですね。私には到底真似できませんわ」

「っ！」

唯さんの指摘が図星であったため雪が歯ぎしりをしてしまい、俺は早くこの場から抜け出したくて仕方がなくなるのであった。

「というわけです。女は怖い」

「聞いていた私も怖いわよ。あまり人のことは言えないけど」
＊　＊　＊

執務室のギスギスした空気に耐えかねて外に出た俺は、城の中庭で槍の稽古をしていたイーナに先ほどの出来事を話してしまう。

「ユイさんも、ヴェルの子供が産みたいわけね。あのヒサヒデっていう人、いかにも企んでそうな感じだものね」

確かに、ホーエンハイム枢機卿に通じる部分があるおっさんではあった。

なんか、ゲームだとすぐに裏切っていたような……。

ゲームと現実はまったく別のものだけど……というか、この世界の松永久秀とも別人だけど。

「ヒサヒデさんの狙いは、ユキさんの副代官職だと思う」

「やはりそうか……」

一人娘の唯さんに俺の子供を産ませて松永家次期当主とし、バウマイスター伯爵家の縁で細川家に対抗するつもりなのであろう。

秋津洲家は飾りなので、彼女に対抗しても意味はない。

細川家を標的にしているあたり、久秀のおっさんが食えない人物なのはわかった。

それでも、別に武力闘争というわけでもない。

無用な派閥争いで統治の足を引っ張っていないから、特に罰する理由もない。

三好長慶の下で権謀術策の世界に生きてきた彼だからこそ、むしろ今の体制の方が立身出世が可能だと思っているわけだ。

少なくとも、細川家と副代官職を奪い合うライバル関係になりたい意図が透けて見える。

「どうしてこんなことに……」

おかしい。

俺はちゃんとヘルムート王国からの命令に従い、貴族として正しくやってきたはず。

それなのになぜ……。

「ええと……この中でつき合いが長い私が思うのだけど……」

「思うのだけど、なにかな？　イーナ」

「あまり深く考えない方がいいような気がするわ」

それはつまり、もう抗(あらが)えないような運命みたいなものだから、諦めろってこと？

「大丈夫ですよ、あなた。どんなに奥さんの数が増えても、私たちの夫婦愛に変わりはありませんから」

「そうそう、エリーゼの言うとおり」

イーナも、ルイーゼも、エリーゼもいいこと言うなぁ……。

「大丈夫、ヴェル様の奥さんが百人になっても、私たちとの関係にはなにも変化はないから」

「そうなったらなったで、結構楽しいかもしれないしな」

わ――――い、ヴィルマもカチヤも慰めてくれてありがとう。

「ヴェンデリンさんは、バウマイスター伯爵家の当主。私たちは、ヴェンデリンさんの判断を全面的に信じていますわ」

カタリーナも……ありがとう……俺の信用度がマックスなのがちと辛い。

なお、リサはまだあのＤＱＮ三人娘を監視しているのでここにいなかった。

あとは……。

「なんじゃ？　妾のアドバイスが必要なのか？」

「助けて！　テレーゼ！」

心の中で、後ろに『えもん』とつけた。

「好きにせい……では、他のみなと同じじゃな。妾なりの見解を述べよう。妾なら、リョウコ、ユキ、ユイを妻にした方がいいと思うがの」

「その心は？」

「ヴェンデリン、為政者とはな、常に最悪の想定、未来も考えねばならぬのじゃ」

「最悪の想定？」

「アキツシマ家はいい。あそこはお飾り、宗教的な権威と合わせてあの島のトップとなる。それを支える存在はぶっちゃけ誰でもいい。理想は、能力がある家なら定期的に交代した方がいいの」

つまり、副代官職の細川家世襲は大きな危険を孕んでいるのか。

「ユキはとてつもなく優秀じゃが、その子は？　孫は？　ひ孫は？　暗愚な当主が出て、島の統治を不安定にするやもしれぬ」

「そこで松永家ってことか？」

「そうじゃ。ホソカワ家が駄目なら、マツナガ家に交代する。その権限をバウマイスター伯爵家が持てば、アキツシマ島の混乱は防げる。向こうの不満？　バウマイスター伯爵家の力は圧倒的じゃ。文句があるのなら、叩き潰すぞという姿勢が大切なのじゃ」

「うわぁ、怖いね」

「ルイーゼよ。統治者とは基本的に恐れられてナンボの存在なのじゃ。上が舐められて下が混乱すれば、一番迷惑を蒙るのは下々の領民たちじゃぞ」

それは、帝国内乱で嫌というほど実感した。

今のところは順調だが、島の統治に手を抜いてはいけないわけだな。

ただ、誰を嫁に貰うのかとかはあとにしてほしい。

「その三人くらいでよかろう。ダテの小娘がなにか言うておるが、あの小娘との婚姻は悪手じゃ」

「……そうですわね。当主がヴェンデリンさんの血を継いでいるからと、北方で反抗的な態度を取る可能性がありますわね」

領主は全員代官にしてしまったが、担当地域は元領地なので影響力が残っている。

ここで藤子と俺の子が伊達家の当主になると、中央と張り合って島の統治に混乱が出る可能性もあった。

「男と女のことなどまだ知らぬ子供の言うことじゃ。適当に『はいはい』と言っておけ」

「それはルルもか？」

「あの子はいい。ヴェンデリンの妻になっても、余計な紐もついておらぬ。ついていても、移転した村くらいであろう？　子供をその地域の代官にすれば、連中も素直に従おうて」

それにしても、ここまでドライに考えられるとはさすがは元公爵様。

「むむむっ、その言葉聞き捨てならぬぞ！」

「おお、噂をすれば小娘じゃ」

「俺を小娘扱いするな！　ちょっとくらい背と胸が大きいからって威張るなよ。俺もテレーゼ殿くらいの年になれば、張り合えるくらいのナイスバディーになるわ！」

どうやらテレーゼは、藤子が話を聞いているのをわかって彼女に釘を刺したようだ。

子供相手に大人げないという意見もあると思うが、藤子は年齢以上に大人びている部分がある。

理解できるとわかって釘を刺したのだろう。

「ルルは、ヴェンデリン様のいい奥さんになりますね」

「おう、自由にせい。ルルはなんの問題もないからな。ヴェンデリンのことは好きか？」

「はい、大好きです」

「そうか、それは相思相愛じゃな」

テレーゼからの問いに、満面の笑みで答えるルル。

五歳の幼女の大好きだから、娘がお父さんを大好きと言っているような感覚を覚えてしまう。

「俺とルル。扱いに随分と差があるじゃないか！　俺もお館様のことは大好きだぞ！」

「生まれた家が悪かったの。生まれは選べぬから本人に罪はないが、その影響は生涯ついて回る。諦めい！」

「ぐっ！　俺が伊達家の次期当主だから駄目ってのか？」

「そういうことじゃ。お主の身形（みなり）や心根のせいではない。それだけは言っておこう」

テレーゼは、五歳児でも理解に及ぶのであれば容赦しなかった。

逆に言うと、藤子を対等の相手だと認めているわけだ。

「ならばこの伊達藤子、いや、伊達の名を捨てただの藤子となろう！」

「本気か？　お主」

「フィリップ公爵の爵位と家を捨てたテレーゼ殿と同じじゃ。実は昨日、父上から母上が身籠（みご）もったと連絡がきてな。ちょうどいいから、その子に家督を譲る旨を伝えている。家臣たちも次は男かもしれないとなれば、俺が家督を捨ててもなにも言うまい」

藤子は、本当に五歳児とは思えない口を利くよな。

元々藤子の家督継承の話は、伊達家直系の子供が藤子しかいない状況で当代政宗（マサムネ）殿が病気になってしまったから出た話だ。

彼はもう健康であるし、次の子供も生まれる。

となれば、別に戦乱の世でもないし、無理に藤子に家督を継がせる必要はないというわけだ。

「なるほど。家を捨てても、ヴェンデリンの妻になるわけだな？」

「おうよ。伊達の家よりも、お館様の方が大切だからな」

「そこまでの覚悟なら……まったく問題ないな。そなたは魔力も多いからの」

「テレーゼ殿は話がわかるな」

おい、テレーゼ。

俺の妻を勝手に増やすな。

「よかったの、ヴェンデリン。若い妻が増えて」

「がぁ―――!」

「お館様、ルルと二人、いい妻になるからな」

ここで拒否すると藤子といえど泣きそうだったので、俺はなにも言えなかった。

「だぁ―――!　私たちはどうなるのですか?」

「そうです!　私たちはあと一、二年の話ですよ!」

「先生は私たちを捨てたりしませんよね?」

「捨てるわけがないだろう。アグネスたちは俺の弟子で……」

「「「婚約者ですよね?」」」

これで八人……。

ミズホ人と同じルーツを持つアキツシマ島、ここには俺の予想もつかない何かがあるのかもしれなかった。

と、勝手に思って現実逃避していただけであったが……。

＊　＊　＊

「さて、南方の状況ですが……」

俺が新たに何人の妻を迎えるのかはあとの問題として――まあ、先送りともいうが――まるで一部の政治家……いや、俺は元々しがない庶民だからいいのか。

前世では、そういう政治家をテレビで見ながら批判していたが、その立場になってみると意外と大変だったことがわかる。

無責任に一方的に非難して悪かった。

統治体制の整備と兵力の再編……これは、なるべく専業の兵士を増やし、領民たちが生産作業に専念できるようにしている。

過度期なので地方の治安維持にパートの兵士がいたりするが、これも南方の平定が終われば徐々に開墾した農地などに割り振って数を減らす方針だ。

その作業がひと段落したので、いよいよ南方平定を行うことになった。

作戦会議が大津城の会議室で行われ、雪が南方の状況を説明する。

「南方には大きく分けて四人の領主がいます。北部の毛利（モウリ）家、家臣に小早川（コバヤカワ）家、吉川（キッカワ）家、穂井田（ホイダ）家などがいます。中西部の竜造寺（リュウゾウジ）家、家臣に鍋島（ナベシマ）家や松浦（マツラ）家、中東部は大友（オオトモ）家で、家臣に立花（タチバナ）家、高橋（タカハシ）家、一万田（イチマタ）家、志賀（シガ）家など。最南端に島津（シマヅ）家、家臣に伊集院（イジュウイン）家、新納（ニイロ）家、北郷（ホンゴウ）家などが有力ですね」

「一番強いのは？」

「どこも似たり寄ったりです。ただ、島津家は当主貴久（タカヒサ）の子、四兄弟全員が中級魔法使いだそうで、勢いはあります」

こちらが攻めると、激しく抵抗する可能性があるのか。

「南方は比較的食料生産に余裕がありますからね。独立独歩というか、領地が接しているところは小競り合いがありますが、基本あまり争わないんですよね」

日本の戦国時代だと九州は修羅の国であったと聞くが、アキツシマ島の南方勢力は現状の変更を嫌う大領主が多かった。

比較的水と食料に恵まれていることもあって、他の地域よりはむしろ戦は少ないのだそうだ。

「じゃあ、平定は簡単か」

「平定は簡単です。むしろ、あとが面倒ですね……」

この雪の発言は、現実のものとなった。

七条兼仲が指揮を執る南方平定部隊が南下を開始すると、毛利家、竜造寺家、大友家、島津家とみんな素直に降（くだ）ったからだ。

雪は、もしかすると島津四兄弟が戦いを挑んでくるかもしれないと憂慮したが、実際には何の抵抗もなく降っている。

「呆気（あっけ）ない全島統一だな」

物語やゲームとしてはいまいちなのであろうが、実際に統一している身としては最良の結果だ。

ところが、問題はその後に発生したのだ。

「南方の責任者は、一番歴史の長い大友家だな。我らは一万年以上も前、この島に上陸し、秋津洲家を支えた仲間の子孫なのだから」

通り名が宗麟（ソウリン）の大友家当主は、自分こそが南方の代官に相応（ふさわ）しいと宣言する。

「それはおかしいぞ！　我が毛利家も、歴史の長さは同じだ！」

「なにを言う。毛利など、秋津洲家の屋敷の前でゴミ掃除をしていた小物の子孫ではないか」

「そんなことはない！　毛利家の祖先は、秋津洲家の仲間だったと古文書に書いてある！」

「一万年も前の話だ。大方、適当に嘘（うそ）でも書いたのであろう」

「人のことが言えるのか？　第一、お前の家は何度も断絶して養子を受け入れているだろうが！」

「バカ者！　分家からの養子だぞ！　血脈は繋がっておるわ！」

毛利家の当主の通り名は元就（モトナリ）であり、二人は自分こそが南方の代官に相応しいと口喧嘩（くちげんか）を始めてしまう。

「家柄の古さしか取り得がないというのも困りものだな。ここは、我ら竜造寺家こそが南方代官に相応しいのだ」

「一番相応しくないわ！」

「成り上がり者のくせに！」

「二千年の歴史があるうちが成り上がり？　お前らが骨董（こっとう）品なだけじゃないか！」

この島の家柄自慢は、王国や帝国の歴史ある貴族家がすべて新興、成り上がりに見えてしまうほど凄い。

数千年の歴史が当たり前なのだから。

領主一族の本流はほぼ全員魔法使いなので、家が続きやすかったのであろうが。

「我ら島津家は八千年の歴史があり、四人の息子は全員優れた魔法使いだ。家柄と実力を兼ね備えた島津家こそが南方代官に相応しい！」

随分と素直に降ったと思ったらこれだ。

彼らも、基本は勝てない戦などしない。

領地はなくなっても代官だったら地元に影響力は残るわけだし、ならば素直に降ってあとは統括する代官職を狙った方が利口だと考えたわけだ。

「雪の予言が当たった！」

この四家の実力は伯仲しており、戦がなかったので誰も力を落としていない。

四人の中の誰を選んでも抵抗は必至で、これでは素直に降った意味がないかもしれない。

「どうしようか？」

「この件は対応を間違えますと……」

この件が原因で、戦が始まってしまうかもしれない。

再び争いは必至だ。

せめて四人の中の誰かに、指名するに足る根拠があればいいのだが……。

「涼子、彼らの言う家柄って本当なのか？」

「我が家に伝わる古文書にも記載されていますが、なにしろ一万年もの年月です。途中で断絶して分家が本家を継いだり、乗っ取ったりする事例も多く、話半分かと……」

領主の血族は、魔法使いならそこまで疑われもしない。

ただ、分家の人間が当主になったりしたため、段々と魔力が少なくなったのであろう。

魔力が遺伝するという、この島の領主階級の特異性の理由はなんなのであろうか？

遺伝子……それは、王国や帝国貴族も条件にそれほど差はないはず……。

あとでアーネストにでも研究させせるか。

畑違いだと言われて断られるかもしれないけど。

「それで、いかがなされますか？」

「う――――ん、代官職の取り合いでこれまでなかった戦が始まったりしたらバカみたいだしなぁ……王国の制度を参考にするか……」

王国での大臣職は、五つほどの家による持ち回りだ。

これを参考に、四つの家で五年ごとに交代でいいような気がする。

「そんな適当な提案を、あの連中が受け入れるか？」

「どれか一家を選ぶと、戦になってしまうかもしれませんよ」

「逆に、そういう玉虫色の裁定はよくないと思うんだよなぁ……」

ブランタークさんは俺の提案を心配していたが、生憎とこの島の住民は良くも悪くも日本人に似ている。

『絶対に我が家が南方の代官になるのだ！　そのためには、他の三家を滅ぼしてでも！』とまで考えた者はおらず、俺からの提案を呆気なく受け入れたのだった。


「順番はクジで決める」

「伯爵様の家臣だから好きにすればいいが、クジって……」

「ここで家柄の順とか、家臣や服属領主の支持数の順にすると、また揉めますよ。どうせ二十年に一度は回ってきますし、クジなら、クジだから仕方がないと家臣や支持者に言い訳できますから」

「なんかこの島って戦乱なのに、しけった菓子みたいな連中が多いな」

「殺し合うよりはいいのでは？」

結局クジ引きの結果、初代代官は島津家となった。

あとは、大友家、毛利家、竜造寺家の順である。

素直に言うことを聞いてくれるのであれば、このくらいの例外は認めても構わないであろう。

「ようやく、アキツシマ島が統一されたな。大変だった」

「そうか？　普通は島とはいえ、三ヵ月とかからずに統一は難しいのでは？　余の夏休みは、まだ一ヵ月近くも残っておるぞ」

この島に遊びと仕事を兼ねて来ている魔王様は、バウマイスター伯爵家によるアキツシマ島統一の早さに驚いていた。

「この島が早く平和になった方が、陛下の会社も儲かるではないですか」

農業指導に、種子や苗や、中古魔道具類の販売。

アキツシマ島が平和な方が商売のパイは大きいし、魔王様たちも長期間稼げるという寸法だ。

「バウマイスター伯爵の言うとおりだな。魔族の国ではまだ使えるのに古かったり、デザインが悪いとかで売れない魔道具も多いからな。今、ライラが密かに買い集めておる。まだ使えるのに粗大ゴミで出してしまう者も多いから、無料で回収もしておるぞ」

そういった魔道具が、この島に次々と到着する予定であった。

「この島の開発に魔族の国から格安で購入した魔道具を使い、バウマイスター伯爵領本領では、遺跡で発掘した魔道具を使えばいい。問題は盗難対策だが……」

金のない初級魔法使いでも、魔法の袋を使えばかなりの量の品が盗める。

そうやって魔道具を盗ませるのは、俺と敵対している貴族か、自分の領地だけがよければいいと考える貴族のどちらかであろう。

盗難品でも、一度自分の領地に運び込んでしまえば、俺が被害を訴えても無視できてしまうのだ。

「他の貴族の足を引っ張る貴族か……ものを広く考えられない者には困ってしまうな。盗難対策なら、盗難防止のタグを買えばいいではないか」

「タグ？」

「魔族の国なら、どこの店でも使っておるぞ」

魔族は全員魔法使いなので、魔法の袋で大量に盗難が可能という問題があった。

そこで、魔法の袋に入れると大きな音が鳴る魔道具が販売されているそうだ。

「高額な商品を売る店なら、みんなつけておるぞ。特殊な鍵でしか外せず、それは店が持っている。無理に外すと割れて、もの凄い音が鳴るのだ」

「それも欲しいなぁ」

ローデリヒのことだから魔道具の管理はきっちりとやると思うが、犯罪と防犯はイタチゴッコのような関係だ。

必ず盗難は発生するし、それを防ぐ手段は多い方がいい。

「ライラに連絡して入手させよう。それほど高いものではないし、通販でも買えるものだからな」

こうしてアキツシマ島は無事統一され、領民たちの支持を得るべく島の開発を行いつつ、新たに統治を始めるのであった。

第六話　統一、陞爵、他いろいろ

これで統一と思ったら、まだ残っている領主がいるそうだ。

クジ引きで初代南方代官になった島津貴久（シマヅタカヒサ）が、まだ服属していない領主がいると教えてくれた。

「宋家（ソウ）？　誰それ？　どこに領地があるの？」

「宋家の領地はここです」

アキツシマ島（トウ）南方には、比較的広めの砂浜がある。

たまにサーペントが来るので危険はあるが、島津家はここで製塩業を営み、製造された塩は中央まで運ばれているそうだ。

「この南海湾（ナンカイ）はちょうど真円状の内海（うちうみ）でして、南側の狭い海峡のみが外海と繋（つな）がっているのです」

その特殊な地形ゆえに広大な砂浜を有し、製塩業が盛んであった。

たまに狭い海峡を通ってサーペントが襲来するが、島津領の男たちは製塩設備を守るために命をかけて戦う。

そのため、彼らは精兵としても有名であった。

これからは、製塩や漁業にのみ従事できるように改革を進める予定だが。

「この内海の真ん中に島があるのです。人口は百人ほどですかね？」

「島津領ではなかったのか？」

「それが、独立した領主がいるのです。うちにもそうですが、どの大領主にも服属していませんね。当代の当主が中級魔法使いで、余計に島津家には従えないと」

人口百人……ほぼ村という規模で独立精神が旺盛。

面倒なので放置したくなってきた。

「お館様、そういうわけにはいきませんよ」

「最後の仕事かぁ……」

相手は人口が百人ほどだ。

降伏させるのなら、千人もいれば……いや、もう軍縮したいから五百人で十分だろう。

俺たちは、宋家の領地である島へと船で上陸した。

「ヤシの木ばかりだな」

「この島の特産はヤシの木ですので。実の中に入っているジュースを飲むくらいで、中央の金持ちが心もち高めに購入するくらいですね」

「それは勿体ないな」

ヤシの木を増やして大農園を作れば、新しい産業になるのに。

「来たな！　侵略者よ！」

上陸して島を見学していると、突然、大きな声で侵略者扱いされてしまった。

声の方向を見ると、そこにはミズホ服に腰ミノという奇妙な格好をした色黒の青年がいる。

気配を探ると魔法使いなので、彼が宋家の当主なのであろう。

「……。ヴェル様、なんか変」

「あの腰ミノに、なにか意味はあるのかしら？」

「変だよね」

「あの家の決まりなのかもしれませんわ」

「ええと……とても個性的ですね……」

和服風のミズホ服――この島だとアキツシマ服というらしい――に腰ミノ姿なので、宋家の当主と思しき色黒の若者は全体的にどこかチグハグな印象を受ける。

ヴィルマ、イーナ、ルイーゼ、カタリーナ、エリーゼ、一緒にいる女性陣は、みんな彼の格好が変だと言った。

エリーゼはあからさまに批判しないで個性的と言っているが、この場合は個性的は変の同義語であろう。

「これから踊るのですね」

危険も少なかろうということで俺についてきたルルが、宋家の当主を見て言う。

確かに腰ミノは、ハワイとかバリ島に行くとダンサーがつけているものによく似ていた。

「ルルの島でも、年に一度お祭りで腰ミノをつけて踊るんです」

「収穫のお祭りとか、そんな感じかな？」

「はい。その時にはお料理もいっぱい出ますよ」

南の島の収穫祭なので、腰ミノをつけて踊るのであろう。

ルルはヘルムート王国人と人種的に違いはないが、宋家の当主は日焼けしてはいるが日本人風である。

つまり、アキツシマ島の住民と人種的に差はなく、なぜ腰ミノなのかという疑問が残ってしまう。

さらに彼は言動も変だった。

「このぉ――――！　超絶天才魔法使い！　『宋家の旋風』と呼ばれる俺様になにか用か？」

「貴久、彼はそういう二つ名で呼ばれているのか？」

「いえ、今初めて聞きました」

「……そうか……」

今、この場で決めたっぽい。

なんというか、とてもキャラが濃い人のようだ。

「念のために聞いておくけど、島津家と宋家との関係というか、立ち位置はどうなんだ？」

「距離は置いていますね。なんと言いますか、宋家の当主はああいう感じの者が多くて……」

宋家は内海の島が領地である。

昔は島津家も、何度か服属を迫ったり、兵を出したこともあったそうだ。

「兵を集めて攻めると降伏はします。ですが……」

『やっぱり嘘だよぉ――――ん！　バ――――カ！』という感じで……代々の宋家の当主は、そういうノリの者が多いそうだ……すぐにまた独立してしまう。

それでまた兵を送ると降伏するが、兵が退くと独立してしまい、兵を送るのもタダではないし、交易品はヤシの実くらいなので、段々と無理に服属させなくても……という空気になってしまったそうだ。

「我ら島津家の後背を突けるかと、大友、竜造寺、毛利が服属させようとしたこともありましたね。まあ、無駄だったのですが……」

『宋家は、何者にもつかず！』と言い放ち、宋家とはそういうものという空気が南方に広がっていった。

放置しておけばヤシの実の交易も普通にできるので、今では誰も宋家を降そうとは思わなくなった。

これが、宋家の現状というわけだ。

「……島津貴久、随分と素直に降ったと思ったら、バウマイスター伯爵家のお手並み拝見とはいい度胸だ。

「お館様の手腕に期待しております」

彼を降すことができたら、心からバウマイスター伯爵家を認めるというわけか。

「このぉ！　超絶天才魔法使いぃ！　宋家の旋風に勝てる奴はいるのかな？」

なんだろう？

こいつ、喋り方がウザい。

他にも色々とあるけど、島津家が関わり合いになりたくない理由がよくわかった。

「誰か戦いたい人は？」

「「「「「「「……」」」」」」」

誰も手を挙げなかった。

導師ですら嫌がっている。

きっと変な人だからであろう。

あと、喋り方がなんかムカつく。

「俺が相手をする。負けたら降れよ」

「そうだなぁ、考えてやらないでもないなぁ」

本当、こいつウザいな。

「……」

「始めるか？」

「おうっ！」

時間が勿体ないので、早く降すことにしよう。

領主同士で魔法勝負を行い、勝利して降伏させる。

この島ではよくある戦であった。

「なぜぇ――――！　この俺が宋家の旋風と呼ばれているかぁ――――！」

「自称でしょう？」

イーナ、それは事実だけど、そこで妙なツッコミを入れないでくれ。

「自称ではなぁ――――い！　我が領民である可愛いハナちゃんがつけてくれたのだぁ――――！」

ほら、こいつ反論しないと気が済まないから。

時間が勿体ないので、とっとと終わらせてしまうに限るのだ。

「ちょ――――ぉとくらい、魔力が多いくらいで俺様に勝てるかなぁ？　いかにぃ、魔法の威力が凄くてもぉ！　風と同じ速さで動く俺様はぁ――――！」

宋家の当主は、風系統の魔法を得意とするようであった。

カタリーナとは違って『竜巻』は用いず、極限まで速度をあげて敵の魔法を回避、相手に素早く接近して攻撃するタイプのようだ。

「あ――はっはっ！　この俺の姿がぁ――見えるかなぁ――！　いかにぃ、魔力が多くてもぉ――！　当たらなければ意味ががぁ――あ――っ！」

これ以上聞いていると頭が痛くなりそうだったので、俺は彼の移動位置を予測、そこに風の塊を作って罠として配置した。

宋家の当主はそれに真正面から激突し、そのまま海へと飛ばされてしまう。

彼のスピードも利用した攻撃だったので大分沖合いまで吹き飛ばされたが、あいつなら死なないという確信はあった。

「殿ぉ――！」

海に飛ばされた当主を目の当たりにし、同行していた目立たない家臣……ただの村人にしか見えないけど……が叫んだ。

「あいつ、自分のことを殿って呼ばせているのかよ……」

ブランタークさんが呆れるのも無理はない。

殿よりも、村長といった方が正しかったからだ。

「さて、これで天下統一だな」

宋家も無事に降り、これでようやくアキツシマ島は統一された。

これにより島から一切の戦が消え、島内の発展にも期待できる……と思っていたら……。

「お館様、宋家が独立しました」

「……」

ウザい奴だが決まりなので、降伏した彼を旧領の代官にして大津(オオツ)に引き上げたが、わずか数日で再び宋家が反乱を起こしたと雪(ユキ)が報告を持ってきた。

「あの野郎……」

喋り方はウザいし、一見アホそうに見える宋家当主だが、実はかなり賢いようだ。

彼の領地は人口百人ほど、特産品はヤシの実のみ。

ここを、逆らう者たちを殺してでも支配する意味はない。

この島の戦には特殊なルールがあり、宋家の当主はそれを最大限に利用して領地の独立を維持しているのだ。

「再び討伐しますか？」

「そうだな」

「兵力はいかほど？」

「兵力は出さないよ」

「ですが！」

「それも宋家の狙いなんだよ」

侵略者が何度も兵力を率いて宋家を攻めても、手間と費用ばかりかかって無駄になってしまう。

本腰を入れて支配する価値もない領地のため、島津家も他の領主たちもすぐに諦めてしまったというわけか。

「兵力を整えるだけ無駄だな。雪は常備兵の再編と、訓練と称した開発の手伝いの方を頼む」

この島は統一された。

常備兵を減らし、島の開発に人員を振り分けないといけない。

領民たちは戦に駆り出されることもなくなり、生産性も上がる。

生活が豊かになれば、バウマイスター伯爵家が異民族でも問題にする者は少なくなるであろう。

「承知いたしました」

「じゃあ、行ってくる」

まるで奥さんに対し仕事に行ってくると言ってるような感じで、俺は宋家の領地である島に『瞬間移動』で飛んだ。


「どうだ？」

「原種が多いね。土地の利用のし方も非効率だし、もっと生産量を上げられるんだけどなぁ……」

「魔族の国にもヤシの木があるんだ」

「気候の関係で露地だと栽培できないから、温室で限定生産だね。ヤシジュースを販売しているところがやっている。品種改良も進んでいるし、園芸用で苗も売っているよ」

「ヤシの木を園芸で育てるのか」

今日の宋家攻めには、モールたちを連れてきた。この島をいかに開発するか、彼らに判断してもらうためだ。

兵力など必要ないのだ。

この三人、農業の素人だったのに短期間でよく勉強したものだ。

元々頭はよかったし、職も得られて、今度結婚もするから頑張っているのであろう。

結婚資金にあてる遠隔地手当てのために。

「旧島津領でも、ヤシの木の栽培に適している土地は多いね。水は中央ほどじゃないけど豊富な場所が多いし。だけどちょっと稲作に向かない土地が多いかな。イモでも作ればいいさ」

「野菜も種類によってはいけるかな？」

「この島は、黒硬石の上に砂や土が堆積しているから、土壌が少し貧弱なのが欠点だな。バウマイスター伯爵本領は逆で、あんなに農業に適した土地はないよ」

モールの説明どおり、バウマイスター伯爵本領は水も多くて稲作に向いている土地が多い。

他の作物も問題なく作れ、寒くならないし、日もよく当たる。

確かに、農業には非常に適した土地であった。

「この島も気候は悪くない。水も井戸を掘れば出てくるし、中古の海水ろ過装置も大量に導入する予定だから。島だからちょっと土壌が貧弱なんだよね。どこかから土でも持ってこようかな？」

「それがいいかもしれないな。あとで正式に魔王様に依頼しようかな？」

「そうしてくれないか。俺たちも会長の許可なしでは動けないからね」

俺も概要が理解できないわけではないので、宋領がある島を視察しながらモールたちとこれからの開発計画を相談する。

魔族をお抱えにすると、技術と知識があるので効率がいい。

向こうの国で不良在庫やゴミ扱いの魔道具だって、この島やバウマイスター伯爵領ではとても役に立つものなのだ。

「おい！　お前ら！」

「えっ？　なに？」

人の島で勝手にこれからの開発計画を相談していたので、やはり宋家の当主であるこの色黒の若者はキレてしまったようだ。

まあこいつがいくら怒ろうと、俺たちは仕事を効率的にこなすだけだ。

つい二日前に魔法勝負で負けて海に叩（たた）き込まれたのに、懲りずに反抗してきてウザかった。

「もう少しで相談が終わるから、少し待ってくれ。すぐにお前の相手をしてやるから。寂しいのはわかるけどさ」

「この野郎！　人を友達がいない可哀想（かわいそう）な奴みたいに言うな！」

「誰もそんなことは言っていないじゃないか」

でも、宋領の人口は百人ほど。

領主である彼につき従う家臣は……今日はいないな。普通の領民ぽかったから、今日は仕事で忙しい？　実はこの男、子供の頃の俺よりもボッチなのか？

「バウマイスター伯爵、彼が旧宋領の当主なの？」

「魔族！　人を勝手に元領主にするな！　宋領は再び独立を果たしたのだ！」

サイラスに元領主扱いされ、宋家当主の青年が激高する。

自分はまだ領主のままだと、大声で主張する。

「一旦降っておいて、それはないよなぁ……。なら、降らないで領地に殉じたら？」

「サイラス、お前、怖いことを言うな」

「領主同士による魔法勝負や一騎打ちで勝利した方が講和で有利になったり、勝った方に服属。これは犠牲を出さないいいシステムだけど、こういうルール無視の例外は、処分しちゃっていいと思うよ」

「ルールが機能しなくなっちゃうからね。そのリスクを考えると、統一の過程で一人くらい死んでも許容範囲内？」

サイラスに続いて、ラムルも宋家の領主に厳しい意見を言う。

「お前ら余所者が、この島の決まりにケチつけるな！」

「島の決まりを破っているのは君じゃないか。そこのところはどう思っているの？」

学のあるモールは、理論的に宋家の当主の駄目な点を指摘した。

「うるさい！　俺はこの宋領を必ず守ると、両親に誓ったのだ！」

これはもしかすると、この若者は亡くなった両親のためにこの領地を守ると誓い、魔法の勝負を俺に挑み、負けてもすぐに反抗していたのか？

亡くなった両親のためか……。

その点は同情できるな。

「両親の遺言なのか」

「こら魔族！　人の両親を勝手に殺すな！」

こいつ、本当に腹立つな。

両親はまだ生きており、この息子に宋領を守るように命令しているというのが正しいようだ。

「とにかくだ！　俺様は諦めないぞ！　バウマイスター伯爵、尋常に勝負！」

「またかよ」

「またかよ、とか言うな！」

とは言いつつも、どうせ勝負しないといけないのは同じだ。

とにかくこいつが心から敗北を認めなければ、何度敗れてもすぐに反抗してしまう。

昔の偉い人が言っていたが、心を屈服させないと駄目なのだ。

「今度負けたら降れよ？」

「さ〜〜〜あなぁ〜〜〜」

こいつ、本当に殴りたくなってきた。

「それとだな！　バウマイスター伯爵」

「まだなにかあるのか？」

「俺様の名は、宋義智(ヨシトシ)様だ！　超絶天才魔法使いにして……」

「ああ、それはもういいから」

名前は立派なのに、行動が残念すぎる。

これ以上前と同じ口上を聞かされても、退屈だし時間の無駄だ。

また速攻で倒してしまおう。

「俺様をバカにするぅ―――と！　お前は、必ず後悔するぞぉ―――！」

前と同じく、彼は勝負で興奮するとこういう口調になった。

癖なのであろう。

今度は魔力をほぼ使い切った巨大な『竜巻』を作り、それで俺を攻撃しようとする。

というかこいつ、『竜巻』も使えたんだな。

その威力は絶大で、島に植わっているヤシの木から実が取れて上空へと飛ばされていった。

「若！　ヤシの木はうちの島の命綱じゃないですか！　魔法勝負なら余所でしてくだせえ！」

「すまん……あと、俺は領主なんだが……」

義智は外の人間には威張っていたが、領内では意外と立場が弱いらしい。

魔法の『竜巻』でヤシの実を飛ばしてしまい、木の持ち主であるお爺さんに怒られていた。

それにしても、領主なのに領民から怒られる奴は珍しい。

「まだ領主様のお仕事の大半は、ご隠居様と奥様がなされているではありませんか。魔法ばかり撃っていないで仕事をしてくだせえ」

「なあっ！　俺はこの領地の独立を守るために戦っているのだ！」

「誰もそんなことは望んでねえじゃねえですか！」

「そうなのか？」

俺は、思わずヤシの木の持ち主である老人に問い質してしまった。

「島が一つになるってのなら、その方が。ヤシの実も売れますし、この島はイモしかとれねえんですよ。みんな米を買わなきゃいけねえ」

「おい、アホ」

独立云々よりも、その前に領主としてやることがいくらでもあるじゃないか。

「誰がアホかぁ――――！　俺様は、この前の俺様とは大違いなのであ――――るぅ！　超絶天才魔法使いである俺様が……」

「あ――――、先の話をしてくれ」

「俺のことをバカにしてんのかぁ――――！　この巨大な『竜巻』を――――！」

義智は作った『竜巻』を俺にぶつけようとしたが、やはりカタリーナの『竜巻』に比べると数段落ちる。

俺は即座に反対側から回って同程度の『竜巻』を作り、義智の『竜巻』にぶつけて相殺した。

義智はほとんどの魔力を使ってしまったので、もう魔法攻撃はできない。

「おのれ――――！　ならば、代々宋家に伝わる刀術にて……あがっ！」

もうこれ以上付き合っても無駄なので、俺は『電撃』の魔法で義智を気絶させた。

「バウマイスター伯爵様、わざわざすみませんですだ」

「彼の両親の下に案内してくれ」

「へい」

早々に義智を倒したおかげでヤシの木を失わずに済んだお爺さんは、俺たちをこの島の領主館へと案内してくれた。

気絶した義智は誰もおんぶしたくなかったので、俺が魔法で浮かせて運んでいる。

「申し訳ありません！」

「このバカ息子が！」

案内された宋家の屋敷は、この島では一番大きくて立派だが、中央に行けばこれよりも立派な家はいくらでもあった。

人口が百人しかいない村の領主なので、村長くらいの存在でしかないのだ。

意外にも義智の両親は常識人で、俺にペコペコと頭を下げた。

気絶した義智は土間に放置され、少し可哀想な気がしないでもない。

「村の代官職は、暫く義智の父親、宗義調に任せる。というか、他に手がないな」

義智が宋家の独立とうるさいので、常識的な父親に任せるしかないのだ。

「彼は、なぜはっちゃけているんだ？」

「ご覧のとおり、私は魔力が低いので……」

彼は宋家の当主としては例外的に魔力が低く、ウザい性格をしていなかった。

そのため、余計に義智が調子づいてしまう土壌が生まれてしまったようだ。

とはいえ魔力は多いので宋家の家督を早めに譲り、いつあるかもしれない島津家のちょっかいに備える生活だったのだが、段々と宋家の独立に拘るようになり、意地でも自分は降らないという姿勢を崩さなくなったというのが真相のようだ。

「バウマイスター伯爵、アレどうするの？」

「放置する」

俺に突っかかってきたら、すぐに撃退すればいい。

それよりも、この島の開発をどうするかだ。

思ったよりも大きな島なので、モールたちの仲介で新種のヤシの木の苗を購入し、それを育ててもっとヤシの木を増やした方がいい。

「そうですね。島の空いている土地を手入れし、もっとヤシの木を植えます」

義智はアレだが、父親は素直に降ってこの島の代官になった。

領民たちも、別に義智に同調しているわけでもないようだ。

「彼に支持があったら、徒党くらい組むよね？」

「サイラスは、サラっと酷いことを言うなぁ……」

「事実と言ってよ。時に事実は残酷だよねぇ」

つまり、義智は誰に支持されるでもなく、一人で俺に突っかかっただけ。

なまじ彼の身分が領主だったので雪が混乱したが、真相がわかり放置しても構わないという結論に至った。

宋義智は、アキツシマ島のボッチ魔法使いであった。

＊　＊　＊

「バウマイスター伯爵、苗木を購入してきたぞ」

「これが品種改良品かぁ」

「少し前は、この品種が農家で栽培されていたのだ。今もごく少量生産されているそうだがな。まあ、我らの国でヤシの木の需要は少ないし、気候の問題もある。わずかに温室で生産されているのみだ」

魔王様がヤシの木の苗木を持ってきてくれたので、みんなで宋領がある島と島津領内に植えた。

魔法で土地を整備し、魔法で作った肥料を混ぜながら苗を植えていく。

島の住民と、島津領で新たにヤシの木の栽培を始める者たちも手伝い、モールたちは彼らに栽培方法を教えていた。

その元ネタの大半は、魔族の国の園芸書や、書店で購入可能な農業指南書である。

「バウマイスター伯爵、成木もあるそうだぞ。ライラが言っておった」

「それは欲しいけど、なんで成木が？」

「持ち主が破産したそうだ」

「世知辛いお話ですわね……」

魔王様の口から出た『破産』という言葉に、カタリーナは顔をしかめた。

さらに詳しい事情を聞くと、人口減で悩んでいる地域が観光客を呼ぼうと温室を建て、ヤシの木や熱帯産フルーツの栽培を始め、そこで獲れるフルーツを、観光客に調理して出す飲食店も経営したのだが、資金繰りが悪化して倒産したのだという。

地球でもありそうな商売だが、過疎地の村おこし、地方創生……日本でも大分前から色々とやっているが、商売なので少数の成功者と多数の失敗者という構図は同じだ。

なまじ地方自治体が金を出していたりすると税金で借金を補填し、余計に苦境に陥るという話は珍しくない。

その温室農園と飲食店も、その地方の自治体が資本金を出して参加していた。

所謂、第三セクターというやつだが、魔族の国でどう呼ばれているのかは知らない。

結局補助金が戻ってくるどころか、膨らんだ借金をさらに税金で補てんする羽目になり、地元住民は大激怒というわけだ。

「税金の無駄使いだと批判されたそうだ。放置されているヤシの木が多少なりとも金になれば損失が減る。今頃、ライラが買い叩いているはずだ」

ライラさんは、本当に優秀な人だな。

魔王様をお世話するため複数のアルバイトで家計を維持していた生活とは一変、優秀な女性社長に華麗に転身を遂げたのだから。

「温室が欲しいな」

「移築が難しかろう」

「それはあるか」

魔族は全員魔法使いなのだが、使える魔法の数が少なく、希少な魔法に至っては使える者がほとんどいないのだ。

俺の『瞬間移動』、レンブラント男爵の『移築』、『通信』系の魔法も駄目だ。

ただし、魔導携帯通信機の技術は最新鋭なので、魔王様は頻繁にライラさんと連絡を取り合っていた。

魔王様の魔導携帯通信機はピンクが目立った女の子仕様で、藤子とルルがとても羨ましそうに見ていた。

携帯電話を使う魔王様……ちょっとシュールではあるか。

「農業は経営が難しい。価格の下振れに耐えられる大規模農家か大企業経営農業。あとは小回りが利く小規模農園のみだな。それでも潰れる農家は多い」

ライラさんは、倒産農家の放置された道具や肥料、種子、苗木なども買い取ってこちらに送ってくれるそうだ。

向こうでは債権者ですらゴミ扱いして放置された品なので、少しでも金になればいいとかなり集まっているらしい。

ライラさんは農業法人の社長なので、まさかアキツシマ島に輸出されているとは思っていないようだ。

苗木を植える作業をしている領民たちは、支給された農機具の使いやすさに感動していた。

「旦那、ヤシの木ばかり植えているけど、これ役に立つのか？」

「ヤシの木は使い道が多いぞ」

ヤシは色々と種類があるが、この島に植わっていた種類はココヤシに似ていた。

未熟果からココナッツジュースが取れ、これは中央の金持ちがたまに飲んでいるそうだ。

成熟果の胚乳からココナッツオイルが搾れ、ココナッツとココナッツミルクも取れた。

外皮、殻、幹、葉も使い道がある。

魔族の国から購入した品種改良品は、実が多く生ったり、病気になり難かったり、樹木が高く成長しないようになっているそうだ。

他にも、ナツメヤシ、アサイー、アブラヤシ、オウギヤシに似ている品種もあった。

果物、砂糖、油などが取れ、油は食用油にも、石鹸の材料にもなる。

せっかく暖かい気候なので、この地でヤシの木を大量に育て、将来は王国や帝国に輸出してもいい。

「種子からも苗を育て、大々的にヤシの木の大農園を作ればいいか」

「それはありがたいことです。銭も手に入りますからな」

旧島津領と旧宋領の領民たちも、換金可能な商品作物に喜んでいた。

この島は長年分裂していた影響で、地方に銭が流れないで困っていた。

鉱物資源にも恵まれていない地域が多く、商品取引に物々交換や、地方貨扱いで石貨を用いていた地域もあったほどだ。

石貨は誰でも作ろうと思えば作れる。

そのせいで価値が不安定で受け取らない人も多く、また物々交換だと手間がかかりすぎてしまう。

たとえ外国のものでも、安定した貨幣があり、それが交易で手に入るのなら彼らには利益となるのだ。

「ええいっ！　嘆かわしい！」

一人だけ、もの凄く反発している人がいるが……。

「また君？　ボクたちは忙しいから、またあとで遊んであげるよ」

「このチビ！　俺様を寂しい人扱いするな！」

宋家の現当主（名ばかり）の義智が、またも文句を言ってきた。

ルイーゼがまたかと適当にあしらうと、それが我慢できない義智は反論し、二人はレベルの低い口喧嘩(くちげんか)を始める。

「実際に寂しいじゃない。独立を目指すのはいいけど、支持者は？」

「いるに決まっている！　お前たちに表立って反抗すると最悪処刑されるかもしれないからな！　それは心の中に仕舞って、俺様を密かに応援しているのだ！」

それとなく義智の父である代官に聞いてみたことがあるのだが、宋領の領民の独立性は、昔はヤシの木や実の交易以外では島に籠った生活だったから育まれたものらしい。

島津家など大物領主の介入を嫌ったのは、実入りを減らされることへの不安から。

今は、バウマイスター伯爵が開発と交易の促進を代官を通じて行っているので、誰も義智の反乱に参加していない。

というか、この義智の行動は反乱なのか？

ルイーゼから、可哀想な子扱いされている時点で駄目だと思うんだが……。

「せっかく木を植えたんだから、魔法で吹き飛ばさないでよね。植えたばかりで、まだ根が張っていないんだから」

「するか！　この俺様は超絶天才魔法使いではあるが、スーパー天才格闘家でもあるのだ！　バウマイスター伯爵、勝負だ！」

こいつ、魔法では俺に勝てないからって、今度は格闘技で勝負かよ。

魔力を使わないとなると、俺には勝ち目がなさそうだな。

色々と残念な義智だが、こいつ典型的な器用貧乏らしく、なんでもそこそこなしてしまうのだと代官から聞いていた。

「はいはい。じゃあ、ボクが相手をするから」

「ふっ、女には本気を出せないいな」

「そんなことを言って、ボクに負けるのが怖いんでしょう？」

「そんなことがあぁ――――るかぁ――――！」

並の格闘家なら対抗できないスピードだが、ルイーゼなら余裕で対処可能なようだ。

ルイーゼの挑発に簡単に乗ってしまった義智が、勢いよくルイーゼに飛びかかった。

「ほいっと」

ルイーゼは魔力を使わず、義智の勢いを利用し、受け流しつつ、素早く彼を掴(つか)んで海へとぶん投げた。

「のぁ――――！」

ルイーゼの投げ技にまったく対処できなかった義智は、大きな水柱と共に海へと沈んでいく。

「大丈夫か？　あいつ」

「あの程度で死にはしないよ」

確かに、義智は今まで何度か戦ったが、異常なまでにタフで頑丈だった。

怪我(けが)をしにくいようで、次の日にはピンピンとした状態でまた挑んでくるのだ。

「ぷはっ！　うぬぬ……」

義智は水面から顔を出し、悔しそうな表情を浮かべていた。

「また暇なら遊んであげるから」

「この俺様が、お子様に負けるなあんてぇ――――！」

「失礼な奴だな。ボクは、バウマイスター伯爵家夫人で子供もいるんだぞ」

「嘘つけ！」

「失礼な！　えいっ！」

「痛いじゃないか！」

義智にお子様扱いされたルイーゼは怒り、その辺にある石を彼に投げた。

それが彼の顔に命中し、一人勝手に怒っている。

義智は、宋家の独立を願うくせに、敵の情報には疎かった。

一人で勝手に反抗しているので、こちらを調べる余裕がないのであろう。

それに、初めて会う人でルイーゼが既婚、子持ちだと思う人はいなかったから、義智の言い分もあながち間違いではないのだ。

「しつこい人ね」

こいつのしつこさは、ある意味伝説だ。

家に戻ると毎日、代官である父親に叱られるそうだが……というか、バウマイスター伯爵家に反抗しているのに、その代官に任じられた実家に戻るのが凄い。

普通に食事などもするそうだ。

彼曰く『代官家に食事代を負担させ、バウマイスター伯爵家の財政にダメージを与えている』らしい。

物は言いようである。

「物語だと、何度か負かしていると敵が観念してとか、そういうパターンよね」

諸葛孔明が孟獲を七度捕らえては放ちを繰り返し、最後にはとうとう心服させたというお話みたいだな。

この世界にも、似たような話があるのか。

「でもよ、イーナ。アレに心服されて嬉しいか？」

「ないわね」

イーナとカチヤが酷いことを言うが、確かに義智に慕われてもなぁ……。

なんかウザいし。

「畜生！　どうして勝てないんだよぉ――――！」

海に浮かびながら一人叫ぶ義智だが、同情する者はいない。

素直に島の代官をやればいいのに、一人だけで無意味にバウマイスター伯爵家に逆らっているからだ。

両親や領民たちですら、意味がわからなくて首を傾げている状態なのだから。

「そんなに俺に勝ちたいのか？」

「当たり前だ！　俺様は超絶天才魔法使いだからな！」

アキツシマ島では中級魔法使いでも天才扱いだから、義智の言うことは間違っていない。

隣に島津四兄弟がいるのだが、彼らとは戦ったことはないのであろうか？

俺はむしろ名前から、この四兄弟の方を警戒していたのだ。

実際に蓋を開けてみたら、彼らは父貴久に従って降り、代官や中央官僚、軍の武官として活躍している。

まさか宋義智という、聞いたこともない戦国武将風な奴が逆らうとは思わなかった。

「いくら天才でも、修行はしないと勝てないんじゃないかな？」

「バウマイスター伯爵、お前は修行をしたのか？」

「したよ。厳しかったなぁ……」

成人するまで、ルイーゼと共に導師に鍛えられたものだ。

今も格闘術などはいまいちかもしれないが、それでも帝国内乱では師匠に殺されないで済んだし、あの厳しい修行の日々も決して無駄ではなかったのだと思う。

「ふっ、敵に塩を送るとは、バウマイスター伯爵も甘ぁ――――いな！」

出た、興奮したり調子に乗ると出るいつもの口調が。

どうやら、上手(うま)く引っかかってくれたようだ。

「ならば俺もその人物に修行を受け、必ずやバウマイスター伯爵を倒ぉ――――すのだぁ！」

「でも、大丈夫かな？」

「どういう意味だ？　バウマイスター伯爵」

「いや、厳しい修行だからねぇ……。なあ？　ルイーゼ」

「そうだねぇ……。ボクも結構大変だったし」

「なにを心配するかと思えば。この俺様なら、余裕で修行をこなせぇ――――るはずだ！」

「まあ、ご自由に」

「ふんっ！　あとで後悔するなよ！」

わざと、修行は厳しいからやめた方がいいよと釘(くぎ)を刺すようなことを言って正解だった。

俺にできた修行が自分にできないはずはないと、義智が余計にやる気になったからだ。

ルイーゼに視線を送るとウインクしてきたので、彼女も俺の誘導策に気がついたようだ。

「では、その人物の下へ！」

「俺が送るよ」

「ふっ、甘いな貴様は」

これから大変だろうから、せめて最初くらいは送ってやるよ。

地獄への時間を短縮してやる意図もあったけど。


「なかなかイキのよさそうな若者である！」

「導師、彼が弟子になりたいそうです」

「大歓迎である！」

導師は、大津の郊外で魔法使いたちを鍛えていた。

兼仲（カネナカ）をはじめ、魔法を放出するよりも拳に魔力を纏（まと）わせて殴ったり、まあそういう系統の魔法使いが大半であった。

わざわざ言うまでもないが、普通の魔法使いたちは全員ブランタークさんの方に行っていた。

「おおっ！　いかにも強そうじゃないか！」

義智は、導師を見て大喜びであった。

相思相愛で俺も嬉しいさ。

なかなか修行は終わらないと思うけど、せいぜい頑張ってくれ。

「では、強さを見るのである！」

「ふっ、この超絶天才魔法使い宋義智様なら、一ヵ月もあれば余裕だな！　バウマイスター伯爵よりも早く修行のコツを掴んでパワーアップだ！」

「バウマイスター伯爵、これは思った以上にイキのいい若者である！」

「頑丈なので、好きに鍛えてやってください」

「任せるのである！」

導師が胸を叩いて了承すると、隣にいた兼仲の顔が真っ青になった。

彼も人類の壁を超えていそうな導師によって徹底的に鍛えられ、三途の川の向こう側を何度か見ているからだ。

「(お館様……)」

「(導師に鍛えられている間は反抗しないからな。俺も忙しいから、あいつの相手をしていられないんだよ)」

「(はあ……)」

兼仲は、今度大津に発足した警備隊の幹部なので、義智の事情をよく知っている。

そのため、導師の生贄に出すことを了承した。

自分が相手をするのも面倒だと思ったのであろう。

「(まあ、自分では義智よりも少し強いくらいなので、毎日突っかかられたら面倒ですね。わかりました)」

「じゃあ、義智は頑張れよ」

「ふんっ！　貴様は、厳しい修行により、さらに限界を超えた俺様に敗れるのだ！」

だといいがな。

その前に、導師に毎日ギタギタに鍛えられるがいい。

義智は中級魔法使いでこれ以上魔力は上がらないから、死ぬほど努力して工夫しないと俺に勝てない仕組みになっているわけだが。

「では、行くのである！」

「おうさ！」

導師と義智は、修行前にお互いの実力を確認するために戦い始めた。

「あれぇ――――！　ドカッ！　ベキッ！」

いきなり導師の魔力を込めた拳で殴られ、地面にめり込んだ奴がいるが、彼の頑丈さは折り紙つきだ。

気にせずに俺は、中断した作業を手伝うために『瞬間移動』で旧宋領がある島へと戻るのであった。

＊　＊　＊

「おかえり、ヴェル。どうだった？」

「導師は快く受け入れてくれたよ」

「バカ息子がすいません」

島に戻ってからルイーゼに詳細を報告していると、義智の父親が息子の愚行を謝った。

本来なら、宋家はクビにされても文句を言えないほどの不祥事だからだ。

だが、今の時点で義智はともかく父親の方は切れない。

彼は代官としてもよくやっているし、島の領民たちにも慕われているからだ。

義智も、導師に鍛えられれば現実が見えてくるであろう。

不良息子を相撲部屋か寺へ修行に出したようなものだと俺は思い、父親にそういうニュアンスで説明したら納得してもらえた。

「それよりも、あの島は『ソウ島（ジマ）』でいいな。正式な呼び名を考えないと、色々と面倒になる」

「その名前でよろしいのですか？」

「いいよ。実は、バウマイスター伯爵本領の地名づけの時にネタが尽きてな」

もう考えるのが面倒なので、そのままにしようと思う。

王国に地名などを報告しなければいけないので、急ぎ名もなかった旧宋領の島に命名しなければいけなかった。

他の地名はそのままだ。

王国でも漢字は使うので、大津などをそのまま使っても問題ない。

というか、なんとかブルクとかつけるのが面倒になった。

うるさい貴族たちには『ヘルムート王国風の名前に変えると反発するかもしれない。せっかく大人しく支配を受け入れているので、このままでいいでしょう』と言い訳するつもりだ。

そんな命名よりも、早く開発を進めないと。

バウマイスター伯爵本領、南方諸島、今回発見した人が住めそうな島々、アキツシマ島を結ぶ魔導飛行船網を整備し、また移民を募らないといけない。

アキツシマ島は、もう少し開発の余地がある。

ルルがいた島への移住と冒険者としての滞在許可を与えて、今はバウマイスター伯爵本領に移住させない方がいいな。

ミズホへの移住を希望する者はいるのであろうか？

それを聞いておかなければいけない。

「いえ、嫌です」

「同じ民族でも、一万年も前に喧嘩別れしていますからね。昔からミズホの連中は技術や財力を鼻にかける嫌な連中だったそうです」

そんな悪口を書いた本が残っているとはなぁ……。

今のところは人口でも、経済力でも、技術力でも負けているので、移住すると下に見られるかもしれないと思っているのかもしれない。

『アキツシマの係累か？　ミズホへの移住はやめた方がいいな』

『向こうもそう言っていますね』

『大方、こちらを傲慢な一族とか言っているのであろう？　アキツシマの連中は、神官による宗教の権威を傘に威張っておっての。付き合うのはゴメン。別れて清々したという古文書が……』

同じ民族同士でも、色々とあるようだ。

お互いに移住はしないということになり、アキツシマ島とその住民はすべてバウマイスター伯爵領に編入された。

「ヴェル、この魔道具はちょっと古びているけど、使い勝手は最高だね」

イーナが試運転を行い、人間が耕すよりも遥(はる)かに早い速度で畑を耕していく。

例の、ライラさんが魔族の国で集めた中古魔道具に盗難防止のタグをつけた農耕具だ。

やはり、魔族の国の耕運機の方が旧式中古でも性能はいいようだ。

バウマイスター伯爵領では外の目があって、魔族が作った魔道具は使えないが、代わりに死蔵されていた魔の森地下遺跡に眠っていた魔道具が使用されるようになった。

耕運機、田植え機、刈り取り機、散水機などは、家臣が管理と簡単な整備を担当しつつ、農民に対し順番に貸し出す仕事を行う。

トラックや車は、バウマイスター伯爵家が運送会社を経営することで盗難に備えた。

ライラさんが入手してくれた盗難防止タグは好評で、早速、魔道具の窃盗を試みた初級魔法使いが捕まった。

多分、どこかの貴族に頼まれたのであろうとローデリヒが言っていたが、この犯人が黒幕を喋っても、その程度では依頼した貴族を罰することはできない。

その代わり、バウマイスター伯爵領で捕まったその魔法使いは、バウマイスター伯爵家の法で裁かれる。

どこぞの貴族のお抱えでも、これはバウマイスター伯爵領内の事件なので不当逮捕とは言えないのだ。

彼はすべての持ち物を奪われ、毎日鉱山で鉱石を掘っている。

一定金額以上の鉱石を掘って納めないといけないが、初級魔法使いだとおそらく十年はかかるであろう。

この世界では、窃盗は意外と重い罪であった。


「イーナ、上手いな」

「そう？　ヴィルマの方が器用じゃないかしら？」

「すすす――――い。これ一台で凄い仕事量」

ヴィルマは、魔族の国製の中古田植え機で稲を植えていた。

その操作は、今日が初めてとは思えない上手さだ。

「兄貴も欲しがるかな？」

「う――――ん、あそこは山ばかりだから魔道具が使えないかも」

カチヤの実家であるオイレンベルク家はトンネル騒動のあと、バウマイスター伯爵領側のリーグ大山脈沿いに移転した。

そこの広大な山の斜面で、マロイモの大量生産を始めたのだ。

カチヤは農作業に耕運機が使えないものかと思ったようだが、斜面で使うと倒れてしまうから危険であろう。

「マロイモ以外の畑で使うならいいと思う。地下遺跡の品の方を貸すようにローデリヒに言っておくよ」

「旦那は優しいな。だから大好きだぜ」

カチヤに面と向かってそう言われると、嬉しいのと同時に照れてしまうな。

「魔王様」

「なんだ？　バウマイスター伯爵よ」

「もっと欲しいな」

「あまり一度に大量に買い取ると、相場が急騰するからな。ライラには言っておく」

いまだに両国の間で交易交渉が結べていないが、実は勝手に交易をしても法的には問題ない。

魔族の国では交易、貿易という概念が消えて久しく、実は勝手に交易をしてもそれを罰する法がなかった。

王国の方は、帝国との交易では色々と決まりがあった。

破ると貴族でも処罰されるが、実は魔族の国との交易に関する法はなかった。

それを決めるために交渉を開始し、まったくお互いが歩み寄らずに何も決まっていないのだが。

帝国も交渉に加わったが、残念ながら交渉の速度は早まらなかった。

むしろ、余計に遅くなってしまったのだ。

即位したばかりのペーターからすれば、下手な交易条件を結び、それで議員や貴族たちに攻撃されて耐えられるほど、まだ政権基盤が盤石ではないからだ。

下手（したて）に出すぎて魔族に侵略でもされたら、帝国は甚大なダメージを受けてしまう。

そのため、三者による実りのない話し合いが続いていた。

続いているだけで進んでいないけど……。

「とはいえ、中小型の農業用魔道具は余りすぎて困っている状態だな」

小・中規模農業が減ったため、廃業した彼らのものが余っているらしい。

このアキツシマ島では大規模な農業は難しく、ちょうどニーズに合っているというわけだ。

「バウマイスター伯爵領にはまだ導入できないけどね」

その理由は、王国のみならず、帝国の魔道具ギルドの焦りからだ。

魔族の国から魔道具が輸入されるようになれば、間違いなく、誰も魔道具ギルドから魔道具を買わなくなってしまうであろう。

それ以前に、車両、農業機械などはまだ研究途上にあるのだから。

「失業の危機か。気持ちはわかるなぁ……」

「決められた数量だけ輸入するとか、そういう条件になるのかな？」

「もしくは、自国の産業保護のために高い関税かぁ……」

モールたちは無職期間が長かったため、魔道具ギルドに同情的であった。

「今は職があるからいいけど、やっぱり無職は辛い部分がないわけでもないからね」

魔族の無職は生活保護があるからいいけど、リンガイア大陸の無職は飢え死にの危険があるからなぁ……。

でも、俺に口を出す権限もないので仕方がない。

「入手できる限りは入手するぞ」

アキツシマ島が統一され、統治体制の構築と開発が順調に進んでいく。

俺は、ここで一旦、陛下に報告をすることにした。

＊　＊　＊

「おう、バウマイスター伯爵ではないか。色々と大変だったようだな」

「ええ」


アキツシマ島の産品を持って王城に移動すると、すぐに謁見の間に通される。

謁見の間にはルックナー財務卿もいて、俺を見かけるとすぐに話しかけてきた。

「バウマイスター伯爵領の開発が進めば、もっと交易が増える。税収が増えて、財務卿であるワシとしては大歓迎だな」

「問題は、異民族統治ですね」

「その辺は、バウマイスター伯爵に任せるよ」

だから、王国が直接支配しないでバウマイスター伯爵家に押しつけたのだろうからな。

王国は交易の利益だけ取り、あとは時が経てばアキツシマ島以南の探索でもするつもりなのであろう。

「バウマイスター伯爵、島とはいえ征服成功とは大義である」

続けて、陛下からお褒めの言葉を頂いた。

王国政府や陛下からすれば、俺は辺境の異民族の領地を平定して王国の領地を増やした功労者という扱いになる。

アキツシマ島の産品を献上したが、これはオマケに等しい。

ミズホ風の――こういうとアキツシマ島の住民は怒るので、のちにアキツシマ風と呼ぶことになった――一部工芸品や茶器などが喜ばれた。

変わっていて、貴族がコレクションするのにいい品なのかもしれない。

多少ミズホ産よりも質は落ちるが、その分値段は安くなるし、一万年もの歳月のせいでミズホの品と多少の差異が出ている。

中級以下の貴族や、商人、富裕な平民層に需要があるかもしれない。

これら献上品のチョイスをしたのは、芸術にも造詣（ぞうけい）がある松永久秀（マツナガヒサヒデ）であった。

陛下や貴族たちからも好評を得たので、彼はこの分野でも才能があるというわけだ。

「我が国が将来南方に探索の手を広げられるよう、バウマイスター辺境伯がさらに領地を発展させることに期待しよう」

「えっ？　辺境伯、ですか？」

俺は伯爵のはずだが……。

「今回の功績で陞爵（しょうしゃく）させることにした。今のお主は伯爵の力を超えておるからの」

人口はまだ及ばないが、領地の規模と発展性はブライヒレーダー辺境伯領を上回っている。

それなのに、伯爵のままではまずいというわけか……。

「階位も第四位に上げよう」

その場で陞爵の儀が行われ、俺は陛下からゴテゴテと装飾のついた宝剣と新しいマントも与えられた。

マントには金糸と銀糸で豪華な刺繍がされている。

儀礼用だと思うが、これを実際に着けて人前には出たくないな……。

成金趣味な人に見られそうだ。

「ブライヒレーダー辺境伯家、ブロワ辺境伯家、ホールミア辺境伯家もこれを所持しておる。見た目は豪華なので箔付け、儀礼用というわけだ」

報告と陞爵の儀が終わると、謁見は思いのほか短時間で終了した。

やはり、今の王国で最大の懸案事項は魔族の国との交渉のようだ。

「安易に結んだ条約で王国が損をすれば、それは王国の支配力の低下に繋がります。慎重になって当然ですね」

謁見が終わると、俺は久しぶりに王都にあるブライヒレーダー辺境伯邸を訪ねた。

まずはブライヒレーダー辺境伯に陞爵した件を伝えたのだが、すでに彼は知っていた。

それもそうか。

南部で辺境伯が二人になるのだから、先に知らせておかないとブライヒレーダー辺境伯がヘソを曲げてしまうかもしれないのだから。

「また絶妙というか、途中で帝国も交渉に参加しましたからね。私もツテがあって交渉の様子が耳に入ってきますが、交渉は全然進んでいませんね」

「魔族の政治家はどうなのです？」

「到底実現できそうもないことを大声で主張する者、あからさまに魔族の産品を大陸に売り込むことばかり考えている者の代弁者、政治のプロが少なく、条件を擦り合わせることすらできない。魔族が一番性質が悪いかもしれませんね」

まあ、魔族の国は政権交代しないと無理か……。

「そっちは王国政府の領分です。私も口は出せないので放置です。バウマイスター伯爵……じゃなかった、辺境伯への陞爵は私への牽制です」

「政治力学ですねぇ……」

「理解が早くて助かります。まあ、そういうことです」

南部は今、急速に発展している。

それに伴い、南部を統括するブライヒレーダー辺境伯の力も上がっている。

領地は増えていないが、バウマイスター伯爵領の開発利権とうなぎ登りに上昇している交易の利益。また、ブライヒレーダー辺境伯領でも問題になっていた貧民街の住民が殖民し、ブライヒブルクの拡大計画に伴う問題が消えた。

予算に余裕があるので、街道工事、魔導飛行船の発着港の整備、小規模な魔物の領域の解放と跡地の開発が進み、急速に力を増していた。

「王国からすれば、うちが大きくなりすぎると独立、反乱の可能性を考えます。帝国内乱も記憶に新しいですからね」

そこで俺を同等の爵位にしてしまい、ブライヒレーダー辺境伯家への牽制に利用するというわけだ。

「バウマイスター辺境伯に、南部貴族たちの面倒を見ろなんて王国は言いませんよ。うちが担当した方が負担を与えられますしね」

「小領主混合領域ですか……」

「寄親なんて面倒なだけですよ。うちの持ち出しばかりです」

ブライヒレーダー辺境伯領と隣接している貴族領には、領地、水利、犯罪者の引き渡しなどで揉めている家も複数あるそうだ。

それでも寄子は寄子なので決定的に揉めるわけにはいかず、そこまで配慮しても『ブライヒレーダー辺境伯家は寄子に冷たい。寄親を変えようかな？』などと腹が立つことを言う貴族もいると、ブライヒレーダー辺境伯が苦笑いしながら教えてくれた。

「結局、ブロワ辺境伯との紛争と同じく、寄子同士でいつも争っていますからね。寄親は私なので仲介に入りますけど、毎回同じ案件で揉めているケースが大半で、私が出した仲介案を『向こうばかり有利で贔屓だ！』と、怒る貴族もいます。それで、やはり言うんですよ。『他の貴族の寄子になろうかな』って」

「それって、可能なんですか？」

「可能ですけど、南部で孤立するだけでかえって不利ですね。本当にやる人はいませんよ」

寄親を変えると言って、ブライヒレーダー辺境伯から譲歩を引き出そうというわけか。

というか、ウザい連中だな。

「向こうも生活がかかっているから必死なのはわかりますが、疲れますよ、辺境伯って。バウマイスター辺境伯の場合は寄子も少ないですし、あくまでもうちの牽制のためでしょうね」

南部に辺境伯が二人いて、うちはこれから王族とも繋がっていく。

将来的に両家の力を拮抗、対立させることで、王家が南部のコントロールをやりやすくするためか、それとも両家が連携してヘルムート王国から独立するのを回避しようとしているのか。

「そのくらいはしても当然でしょうね。そうでなければ、平和が二百年以上も続きませんって」

その後は、南方諸島以南の島々やアキツシマ島についての話をした。

ブライヒレーダー辺境伯は、砂糖、ヤシの実、海産物、これから討伐を進めるサーペントの取引などに興味を持ったようだ。

「それにしても、ついにあの魔道具の数々を解禁しましたか。うちも欲しいですねぇ……」

それがあれば自分の領地でも開発が進むのにと、ブライヒレーダー辺境伯は残念そうな表情を浮かべる。

こちらとしても、地下遺跡で発掘した分だけではむしろ足りないくらいで他家に販売などできない状況だったのだ。

「かなりの量を、魔道具ギルドが研究用で購入していったと聞きますが」

「事実ですね」

同じ物が作れるようになれば王国の利益になるからと、今まで色々と売ってきた。

金払いは悪くないので不満はないが、今までになにか成果が出た例しがないので困ってしまう。

「成果なしってのは凄いですね。彼らはなにをしているのでしょうか？」

魔道具の研究は難しいので、一年や二年でそう簡単に成果が出るわけでもない。

開発研究というのは、莫大な予算と時間が必要だからだ。

それがわかるので、俺はブライヒレーダー辺境伯ほど魔道具ギルドに不信感は持っていなかった。

その点に限ってのみだけど。

「誰憚(はばか)ることなく、交易交渉の妨害をしていると評判です」

「それは、失業の危機だからでしょう」

もし無条件で、魔族の国から魔道具が輸入されるようになれば……。

俺も、魔族の国の製品を購入するかな。

そんな未来を、自国の経済と産業の発展にとどめを刺すからといって阻止するのは、あながち間違いではなかった。

魔道具ギルドの魔法使いだけでなく、魔道具の重要部品以外を作る職人たちや、他にも魔道具関連で食べている人は多い。

彼らの生活を奪うかもしれない魔族との貿易を魔道具ギルドが防ごうとするのは、むしろ当たり前の行動なのだ。

「では、暫く状況は動きませんね」

大切な国家同士の交渉だ。

物語みたいに、すぐに交渉成立とはいかないのであろう。

「私も、明日には領地に戻りますしね。王都で疲れるつき合いや交渉に臨むよりも、領地で開発の指揮でも執っていた方がマシです。景気がいいおかげで、少しは寄子たちの争いも減っていますから」

「それはよかったですね」

そんな感じで話をしていたら、突然、ブライヒレーダー辺境伯の家臣が報告したいことがあると言って駆け込んできた。

「お館様、イスラーヴェル会長が急死したという報告が入りました」

「イスラーヴェル会長?」

俺はその名前に聞き覚えがなかった。

会長ってことは、どこかの組織の長だよな?

「バウマイスター辺境伯、あなたがイスラーヴェル会長を知らないのはどうかと思いますけど……

魔道具ギルドの会長ですよ」

「そういえば、そんな名前だったような……」

俺は魔道具ギルドと犬猿の仲である魔導ギルドに所属しているので、ちょっと小耳に挟んだくらいの名前を思い出せなかったのか。

「これはまた混乱しますね……」

魔族との交渉で色々と動いている魔道具ギルドの長が急死してしまった。

これが、これからの交渉にどういう影響を及ぼすのか?

「俺たちは関係なくありませんか?」

「辺境伯ともなれば、そういうわけにはいきませんよ。魔道具ギルドは、世間の人たちが思っている以上に力があるのですから」

とはいえ、よく知らない人が亡くなったというくらいだ。

どんな影響が出るのかは、今のところ俺にもよくわからなかった。

巻末おまけ　メイド、巫女服を着てお手伝いをする

「ドミニク姉さん、このアキツシマ島というところは、前にお館様のお供で行ったミズホに似ていますね」

「元は同じ民族だったそうです。文化形態が似ていてもおかしくはないですね」

「それで、今日は私たちはなにを？」


うちのお館様は色々なことに巻き込まれ、その結果仕事が増えてしまうケースが多く、今もなぜか戦乱が続く南の島の統一を目指して行動中でした。

実はもの凄いことをしている……まるで歴史上の人物みたいですけど、お館様って一見そういう風には見えないって言いますか、戦争とは縁遠い雰囲気なんですよね。

なぜかヘルムート王国内では、武闘派貴族という扱いらしいですけど。

お館様によるアキツシマ島の統一も目前となり、中心の町オオツはすでに安全圏だそうで、私たちもこの島に連れてきてもらったわけです。

「お館様のメイドをしていると、異国に行けるのがいいですね。とても勉強になりますよ」

旅行、それも他国に旅行なんて、他の貴族のところで働いていたらそうそうできませんからね。

私たちは、実に貴重な経験をしているわけですよ。

「レーアにしては、えらくまともなことを言いますね……」

「ドミニク姉さん！　酷くないですか？　それ」

その言い方だと、いつも私がバカみたいなことばかり言っているようではないですか。

「あの……『オオツタイシャ』でしたっけ？　そこに急ぎましょう」

「アンナさんの言うとおりですね」

ドミニク姉さん！

まだ謝罪の言葉を聞いていませんけど！

あと、アンナさん！

ドミニク姉さんと組んでの誤魔化し方が、すでにベテランの域に！

「私は常に真面目にやっているのに……おじさん、クサダンゴを二十本ください」

「ありがとう、異国のお嬢さん」

ドミニク姉さんの心無い発言で傷ついた心は、買い食いで癒すとしましょう。

ミズホでも売っていたダンゴが道端の露店で売られていたので、私はすぐさま注文しました。

私の買い食いスキルはプロの域にあるので、たとえ目立たない道端の露店でも見逃しませんよ。

「二十セントね」

「おおっ！　すでにこの地でセント通貨が使える！　さすがはお館様」

とてもそうは見えないのに、もうこの島を完全征服する寸前なのですから。

「急ぐと言ったではないですか！」

「痛いですよぉ……」

またドミニク姉さんの拳骨が……。

確かに私たちは、お館様の命令でオオツタイシャという教会みたいなところに向かっていますけど、一刻一秒を争うわけではないので、途中ダンゴくらい購入しても構わないではないですか。

「お土産ですよ。オオツタイシャには、リョウコ様がいらっしゃるから」

別に私だって、ただダンゴを食べたかったわけではありませんよ。

お館様の新しい奥様になられるリョウコ様が、オオツタイシャの復興でお忙しいと聞いたのでお手伝いに向かうのですが、その陣中見舞いというやつです。

手ぶらで行ったらお館様の評判にも関わりますし、屋敷を出る前、お館様からお小遣いを貰（もら）ったではないですか。

「オオツタイシャの近くのお店でいいではないですか」

「でも、このクサダンゴは美味（おい）しそうですよ」

伊達（ダテ）に普段、買い食いばかりしていませんからね。

私の食べ物を見分ける目はなかなかのものですよ。

このクサダンゴは、間違いなく当たりです。

店ではなく露店で、しかもクサダンゴしか売っていないという潔さ。

きっとお館様だって、このクサダンゴを買うはずです。

「お嬢さんたち、今の大津（オオツ）大社周辺にはお店なんてないよ」

「そうなのですか？」

「寂れた社（やしろ）には、人なんて来ないからね。三好（ミヨシ）大社の近くならお店は沢山あるけどね」

ドミニク姉さんの考えを、ダンゴ屋のおじさんが否定しました。

どうやら、オオツタイシャの近くにはお店がないそうで。

ほら、ここでクサダンゴを買って正解ではないですか。

ヘルムート王国でも、大きな教会の近くにはお店が沢山あって、礼拝の帰りにみんな立ち寄りますからね。

特に休息日の礼拝が終わると、教会近くのお店は書き入れ時というわけです。

きっとこの島でもそうなのでしょう。

「これからは、オオツタイシャも賑(にぎ)わうようになるはずです」

「へえ、大津大社に秋津洲(アキツシマ)の当主様が戻られるって噂(うわさ)を聞いたけど、本当なんだな」

さすがは商売人、耳が早いですね。

「そのお手伝いで、私たちはオオツタイシャに向かうんですよ」

「大津大社の復興か。それは楽しみだ。みんなも喜ぶぞ」

ダンゴ屋のおじさんは、オオツタイシャの復興に興味があるみたいですね。

「あれは、今の当主様がお生まれになったばかりのこと。三好様は自身の権威を上げ、逆に秋津洲家の権威を落とすために大津大社を荒れるに任せ、新しく三好大社を建てて寄進を続けていたのさ。批判的な者も多かったが、なにしろ相手は天下人。なにも言えなくてな。大津大社が再び賑やかになるのは大歓迎さ」

権力者の都合で古い教会が荒れるに任せの状態で、新しい教会が作られる。

そして今度は、荒れ果てていた古い教会が復活し、新しい教会が落ち目になる。

「『栄枯盛衰』ですね」

「ミヨシタイシャが廃墟と化すことはないと思いますが……」

「そうなんですか？」

『オオツタイシャと立場逆転！』ってなりそうですけど。

「以前ほどの賑わいはなくなるでしょうが、ミヨシ家の方々が頑張って維持するのでは？　リョウコ様も無理にミヨシタイシャを潰せとは仰らないでしょう。お優しい方と聞きますので」

リョウコ様は、オオツタイシャを荒廃させたミヨシ家に復讐しないのですか。

よくできた人のようですね。

お館様が奥様にする理由がよくわかります。

「お嬢さん、クサダンゴ二十本だよ」

「レーアさん、多くないですか？」

「ありがとうございます。リョウコ様もいますし、確か他にも沢山来ているらしいので、このくらいの数は必要なんですよ」

アンナさん、さすがに一人で一度に二十本もダンゴを食べたら太ってしまいますからね。

みんなの分というわけですよ。

「一人で二十本、食べられなくはないのですね」

「食べられますけど、また太ってしまうので」

最近、やっとバウマイスター伯爵家で働く前のお腹の状態に――当然、年齢相応に胸やお尻は成長していますけどね――戻ってきたのですから。

私も成人したらエルヴィン様と結婚しますし、ここが最終防衛線なのですよ。

「あのぅ、早く行かなくていいのですか？」

「そうでした。早くそのおダンゴを持ってオオツタイシャに向かいましょう」

「わかりました」

私たちはダンゴ屋のおじさんからクサダンゴを受け取ると、急ぎオオツタイシャへと向かうのでした。

＊　＊　＊

「シュークリーム、クサダンゴだぞ。美味(うま)いか？」

「ミュウミュウ」

「これが犬という動物なのですね。ルルは初めて見ました」

「なあ、陛下。この犬は少し変じゃないか？　色は桃色だし、鳴き声が変わっているぞ」

「余の僕(しもべ)だからな」

「答えになってない……」

「お茶を淹(い)れましたよ」


オオツタイシャに到着すると、多くの大工さんたちが建物や設備の修理をしており、他にも神官さんたちが敷地内を掃除したり、綺麗(きれい)な砂利を敷いたり、植樹や伸びすぎた樹木の剪定(せんてい)などで忙しく働いていました。

『社務所』と入り口の扉に書かれた建物に入ると、そこには魔王様とシュークリームちゃん、南国少女のルルちゃん、そしてこの島の名家のお嬢さんであるフジコ様もいて、私が差し出したクサダンゴを美味しそうに食べていました。

シュークリームちゃんも、クサダンゴが気に入ったようですね。

魔王様に食べさせてもらっています。

「犬がクサダンゴを食うのか？」

「犬は雑食だぞ」

犬がクサダンゴを食べるかどうか。

食べる犬もいるのでしょうが、その前にシュークリームちゃんは竜ですからね。

では、竜がクサダンゴを食べるのかどうか。

学者ではなくメイドである私には、まったく見当がつきませんとも。

「ミュウミュウ」

「お茶か？　しかし、これは少し苦くて大人の味だぞ」

リョウコ様が淹れてくれたお茶は、お館様がこよなく愛するミズホ茶そのもの。

ミズホより栽培技術が劣るせいで少し苦めだそうですが、シュークリームちゃんは茶碗(ちゃわん)に口と舌を突っ込んで、器用にお茶を飲んでいました。

確か火属性の竜だから猫舌というわけもなく、お茶が熱くても大丈夫なんですね。

なお、魔王様はまだお茶を飲めないようです。

リョウコ様はマテ茶を出していました。

お若いので、苦いのが苦手なのでしょう。

「犬が茶を飲むのか？」

「余のシュークリームは飲むぞ。なあシュークリーム」

「ミュウミュウ」

シュークリームちゃんは竜だからお茶を飲みますけど、魔王様はまだお子様なので、苦いお茶よりもクサダンゴなのです。

そしてそれはフジコ様も同じですけど、ルルちゃんは普通にお茶を飲んでいますね。

もしかして、実は見た目は幼女なのに、その中身はドミニク姉さん並みの年増……。

「誰が年増ですか！」

「なぜ心の声が……」

「レーアの考えていることなんて、すぐにわかります」

心の声が読まれてしまう。

それは、私とドミニク姉さんが心の奥底で繋（つな）がっている証拠……ということにしておきましょう。

「リョウコ様、私たちはなにをすればよろしいのでしょうか？」

「実は明日、このお社を再開する予定なのです。ここにお参りに来られる方々のためですね」

今のリョウコ様のお立場を考えますと、そのうちここで大々的に、お館様主催によるアキツシマ島の統一を祝う大きな行事が行われるはず。

その前に、オオツタイシャを開いておこうというわけですね。

「私は普段、エリーゼ様との治療が忙しいのでなかなかここに来られませんし、どの程度の方々が来られるかわからないとバウマイスター伯爵様にご相談したところ、ドミニクさんたちをご紹介いただきました。巫女服を差し上げますので、お手伝いいただけたらと」

「わかりました」

お館様が島を完全に統一されたらこのオオツタイシャも忙しくなるので、その前に再開させておこうというわけですね。

そして私たちは、暫くお手伝いをすると。

巫女服が貰えるのはいいですね。

前にルイーゼ様が欲しがっていた服ですから。

でも……。

「あのぅ……。巫女って子持ちでもできるんですか？」

「ふんっ！」

「あがっ！」

ドミニク姉さん。

私、間違ってますか？

私はちゃんとこのアキツシマ島の文化や風習を遵守するため、念には念を入れてリョウコ様にお聞きしたというのに……。

「えっ？　巫女って既婚者は駄目なのですか？　私はエルヴィン様の妻でもあるのですが……」

そして、さり気なく自分はエルヴィン様の妻だと自己紹介するアンナさん。

さすがです！

「巫女は、既婚者でも、子供がいてもできますよ」

「あっ、でも、この前聞きましたよ」

これはルイーゼ様から聞いたのですが、彼女が初めてリョウコ様とお会いした時、着ていた巫女服がお館様をハッスルさせる衣装として有効かもしれないから欲しいと言ったら、そういう服ではないと断られたと。

「その件と、巫女の条件とは関係ないかと……。巫女や神官は、神に仕えている間は俗世のことを忘れるということになっておりまして、未婚でも、既婚でも、ちゃんとその時間巫女として活動していればいいのです」

つまり、このオオツタイシャで働いている間のみ神に仕えていればいいと。

教会のような場所で色恋沙汰や、夫婦間のあんなことやこんなことがなければ問題ないわけですね。

その辺は、あまり教会と変わりませんか。

「大津大社の再開はまだそれほど知られておりませんから、神官や巫女が集まるには時間がかかります。そこで今は、すでに引退された方に臨時で戻ってもらっています」

そう言われると、この社務所の奥でお守りや厄除(やくよ)けのお札を作ったり、仕舞っていた祭具の手入れや修理をしている神官や巫女さんたちは、かなりのお爺(じい)さん、お婆(ばあ)さんですね。

「私たちが動けるうちに、若い神官さんが来るとええですな」

「巫女さんは、若い方がいいですからね。ひ孫に頼んでみたんだけど、もうすぐ嫁入りだから落ち着いたらって言われてしまって」

「お多恵さんのひ孫さんはもう嫁入りかい。ワシも年を取るわけだ」

「(明日にも、神様からお迎えが来そうですね)」

「ふんっ！」

「痛いですよぉ……」

これでも気を使って、小さな声で言ったのに……。

「大津大社が再開すれば、すぐに若い神官や巫女さんも来ますよ、三好大社から」

「「「……」」」

思わず絶句してしまう私、アンナさん、ドミニク姉さんの三人。

それってもしかして……これから規模が小さくなっていく三好大社から、大津大社に転職する神官と巫女がいるってことですか？

やはりリョウコ様も、そういう一族の方なのですね……。

考え方がその……。

「早速、巫女服を着てみましょうか。子供用の巫女服もありますよ」

「楽しみよな。のう、シュークリーム」

「ミュウミュウ」

いや、竜専用の巫女服はないと思いますけど……。

「俺も着てみたかったんだ」

「綺麗な服ですね。楽しみです」

魔王様、フジコ様、ルルちゃんの分の巫女服もあるそうで、私たちは巫女服に着替えるため、リョウコ様に案内され社務所の奥へと向かうのでした。

＊　＊　＊

「お風呂……じゃないですね……」

「リョウコ様、これはお湯ではなくて水ですか？」

「この大津大社の地下からは、こうして綺麗な地下水が湧き出てくるのです。これで、まず体を清めていただきます」

社務所の奥にはお風呂場があったのですが、お湯ではなく冷たい水でした。

巫女服を着る前に、まずはこれで体を清めるのが決まりだそうです。

「巫女も神官も例外なくですか？」

「はい」

このお水、かなり冷たいですよ。

まさに、前にハルカ様から教えていただいたミズホの言葉『年寄りの冷や水』ではないですか！

「あのお爺さんとお婆さんたち、よく神様からお迎えが来ませんでしたね」

「ふんっ！」

「痛いですよぉ……」

だって、もしお爺さんとお婆さんたちの心臓になにかあったら……。

「さすがにもしものことがあると困るので、略式で体を清めていますよ。足と手の先のみを清めるのです」

「ですよねぇ」

あのお爺さんとお婆さんたちが全身に冷たいを水を浴びたら、そのまま心臓が止まってしまうかもしれないのですから。

「じゃあ、私たちも」

「すみません、若い方は全身に浴びてください。まずは私が見本で体を清めます」

そう言うと、リョウコ様は着ていた巫女服を脱ぎ、桶で組んだ地下水を全身に被りました。

特に冷たそうな様子も見せず……リョウコ様はハルカ様と同じく肌が綺麗ですね。

お尻も安産型というやつで。

胸は……巨乳マイスターであるルイーゼ様を満足させるものではありませんが、形はとてもよく……。

「(なにを、しょうもない分析をしているのですか！)」

「(でも、これは仕事なので)」

私はあくまでもお館様のために……ルイーゼ様にもあとで報告しますけど、これはお館様の奥様からの依頼なので仕方がないのです。

「(私は、メイドの鑑ですから)」

「(いちいち、知り合った女性の胸の状態を知りたがるルイーゼ様もどうかと思いますが……)次は、私たちですね」

リョウコ様のお清めが終わり、新しい巫女服に着替えたので、次は私たちの番でしたが……。

「ひゃあ！　冷たいです！」

「アンナさん、我慢です。しかしこれは……」

「冷たいの、これは」

「俺は大丈夫……冷たい！」

「私はいつも、このくらいの水で水浴びしているので平気です」

普段は我慢強いアンナさんでも水の冷たさに悲鳴をあげ、魔王様とフジコ様も同じ。

ルルちゃんは島にいた頃、いつも冷たい水で水浴びをしていたそうで、特に冷たがっているようには見えませんでした。

「ルルちゃんは意外でしたね。そして、本当に年寄りの冷や水だったドミニク姉さんと」

「誰が、年寄りの冷や水ですか！」

「痛いですよぉ……」

大切な清めの儀式で、私に拳骨を落とすなんて縁起でもない。

「では巫女服に着替えてもらいます。新しい巫女服はこちらに用意してあります」

体を清め終わると、リョウコ様とお婆さんたちに手伝ってもらって巫女服に着替えます。

魔王様、ルルちゃん、フジコ様用の巫女服も用意してあり、お三方の巫女服姿はとても可愛らしいですね。

「これはいいな。みんなに愛される魔王になれそうだ」

「さぞや、バウマイスター伯爵様も喜ぶであろう」

「あの……そういう意図で着る服ではないのですけど……」

神様に仕える者たちが、それを神様に知らしめ、失礼にあたらないように着る服……リョウコ様の受け売りですけど。

魔王様は人気取りに、フジコ様はお館様にアピールしようとして、リョウコ様に呆(あき)れられていました。

「この服も綺麗でいいなぁ」

逆にルルちゃんは、以前は同じ服しか着ていなかったので、色々な服を着られることを純粋に喜んでいます。

そんなルルちゃんを、リョウコ様とお婆さんたちは微笑(ほほえ)ましく見ていました。

「この大社の再開は明日からです。私はエリーゼ様との治療があるのでなかなか顔を出せませんが、まだ大々的にお社の再開を宣伝していませんから、新しい人たちが揃(そろ)うまで混むということはないと思いますのでよろしくお願いします」

巫女服に着替えたあとは、やることなどを簡単に教わり、いよいよ明日オオツタイシャが再開されることとなったのでした。

＊　＊　＊

「えっ？　狛犬（こまいぬ）が届いていないって？」

「修理に予想以上に時間がかかるそうで……」

「片方しか狛犬がいないのでは困ってしまう。リョウコ様はいないし、どうしたものか……」


翌日。

もうすぐオオツタイシャが開くという時になって、リョウコ様の代理を務める神官のお爺さんが珍しく慌てていました。

なんでも、オオツタイシャの敷地内に置いてある、コマイヌとかいう犬の彫像が片方しかないとか。

壊れていたから修理に出したものの、予定日までに直らなかったそうです。

「今日だけコマイヌを片方で、とはいかないのですか？」

「狛犬は、この大津大社を守る存在。片方だけでは社を開くわけにいかないのです」

ドミニク姉さんからの問いに答えるお爺さん。

確かに、片方の台座になにも載っていないと変ですね。

「今日の再開は中止ですか？」

「それが、今や遅しと門の外で待っている参拝客が予想以上に多いのです」

リョウコ様のお話ではそんなに宣伝もしていないし、オオツタイシャで大々的になにかをするのは、お館様が完全に島を統一してから——最南端で、『ソウ』とか言う名前の領主がいまだ反抗しているとか。世の中には、わからず屋さんが多いですね——なので、そんなに参拝客は来ないということだったのですけど、多くの人たちが詰めかけていますね。

これでは、明日に延ばしますなんて言えませんよね。

「ドミニクさん、どうしましょうか？」

「ないものは置けませんからね。どうしようもないと思うのです」

「昨晩のうちに修理が終わるという話だったから、今日にしたんですけど。こんなことって……」

アンナさんも、ドミニク姉さんも、神官のお爺さんも、みんなどうしたらいいものか悩んでいるようです。

「いい手を思いつきました！」

「本当ですか？　レーア」

あの……ドミニク姉さん……。

私を疑いの目で見るのをやめてくれませんか？

「私だって、ちゃんと正しい答えを導き出すこともあるのですよ」

なんか、自分でそう言ったら悲しくなってきましたね。

ですがこれも、私が称賛されるための前振りってやつですよ。

この策を考えた私を存分に称賛するといいのです。

「こうします」

私は、魔王様の横にいたシュークリームちゃんを持ち上げると、そのまま空いている台座の上に安置しました。

「シュークリームちゃん、お座りですよ。あとでおダンゴいっぱい食べさせてあげますからね」

「ミュウミュウ」

どうやら、私の言ったことが理解できたようですね。

シュークリームちゃんは、対の台座に安置されているコマイヌと同じように座ってくれました。

「これで一日誤魔化します」

「無理じゃないか？　この社のコマイヌと、シュークリームでは大きさも色も違うではないか」

オオツタイシャは、歴史あるリョウコさんの実家が管理しているこの島最古の神社。

そのコマイヌはそれに相応(ふさわ)しい大きさでしたが、一日くらいシュークリームちゃんが代理を務めても問題ないはずです。

「他に策がない以上、仕方がないではないですか」

それに、今のシュークリームちゃんは犬そのもの。

コマイヌの代理も十分務まるはずです。

「なんとも……レーアらしく適当感が……大丈夫でしょうか？」

随分な言われようですが、私にはわかります。

どうせ誰も気にしませんよ。

結局、他に代案が出ず、シュークリームちゃんにアルバイト代を払ってコマイヌの代理を務めてもらうことになったのでした。

＊　＊　＊

「あっ、ダンゴ屋のおじさんだ」

「実は、大津大社の敷地内でダンゴを売る許可を貰ってね。ボチボチ売れているよ」

「そうだったんですか。クサダンゴを五十本ください」

「ありがとうね、お嬢さん」


片方のコマイヌの代役をシュークリームちゃんに任せることにして、無事オオツタイシャは再開しました。

リョウコ様が思っていた以上に参拝客が来て、お参りをしたり、お札、お守り、厄除けの聖水——地下水をお祓(はら)いしたものだそうです——などがよく売れており、神官であるお爺さんと、巫女のお婆さんたちは大忙しのようです。

魔王様、フジコ様、ルルちゃんも売り子として忙しそうに働いています。

「こういうのも楽しいの」

初めてのアルバイトを——リョウコ様が、あとで報酬を出すそうです——魔王様は楽しそうにこなしていました。

小さいフジコ様とルルちゃんは、お年寄りの参拝客たちに大人気のようです。

そして、コマイヌ代理のシュークリームちゃんですが……。

「本当に、誰も気にしていませんね」

「でしょう？　ドミニク姉さん」

もう片方のコマイヌに比べると小型で色もピンクですけど、それを気にしている参拝客はほとんどいませんでした。

たまにシュークリームちゃんを『じぃ――』と見る人もいますが、すぐに本殿に向かって歩き出してしまいます。

「参拝客たちの目的は、本殿への参拝や、新しいお守りとお札ですからね。今日一日くらいなら問題ないですって」

シュークリームちゃんはちゃんと役割を理解して台座から動きませんし、あとで買ってきたクサダンゴを沢山食べてもらいましょう。

どういうわけか、シュークリームちゃんの前にお供えのオニギリやお酒を置いていく人たちがいますけど、ご利益はあるのでしょうか？

それにしても、思った以上の参拝客ですね。

リョウコ様も予想外だったでしょうが、どうせミヨシタイシャの責任者はおじさんかお爺さんのはずなので、人気が逆転するのは時間の問題でしょう。

リョウコ様からすれば、不本意な理由でしょうが。

「今日も参拝客が多いですね」

「商売繁盛なのはいいことですよ」

「あの……レーアさん。商売ではないんですけど……」

翌日以降も、私たちはオオツタイシャに見習い巫女扱いでお手伝いに通いました。

リョウコ様はとても人気があるようで、彼女が責任者であるオオツタイシャも同様に参拝客が増えてきました。

さすがに修復を終えたコマイヌが戻ってきたので、シュークリームちゃんは魔王様と一緒にお守りなどを販売していますが……。

「可愛い子犬だねぇ」

「ミュウミュウ」

「ちょっと鳴き声は変わっているけど、可愛いからいいか」

いつの間にか、お札の販売所のマスコットになっていました。

お年寄りに可愛いと言われ、お菓子とか、オニギリとか、お酒とか貰ってご機嫌です。

「クサダンゴ二十本ください」

「私は、十五本」

「俺、三十本」

許可を得て敷地内でクサダンゴを売っているおじさんですが、大繁盛していました。

もうオオツタイシャの名物はクサダンゴで決まり、みたいな勢いですね。

「商売が上手ですね」

「ああ、権三郎さんのダンゴは美味しいからね。うちに義理立てして、三好大社に誘われたのに断って道端でクサダンゴを売っていたんですよ」

神官のお爺さんが、ダンゴ屋のおじさんのことを教えてくれましたが、義理堅い人なんですね。

クサダンゴもとても美味しく、そういえばここのところ毎日、私たちのオヤツってクサダンゴですよ。

程よい甘さなので、飽きないで毎日食べられる味ってわけです。

ところが夕方になったら、おじさんは思わぬ人に絡まれていました。

「お館様……ですよね？　アンナさん」

「なにをしていらっしゃるのでしょう？」

「わかりません」

お館様は、クサダンゴ売りのおじさんになにかを懸命に勧めていました。

静かに聞き耳を立てると……。

「確かにこの草団子は、俺が今まで食べた草団子の中で一、二を争う美味しさであろう。だが！」

「なにかご不満でも？」

「頑(かたく)なに草団子にこだわる姿勢は評価するが、さすがにメニューは増やそうよ。『みたらし団子』が欲しいな！」

「ミタラシダンゴですか？　なんです？　それ」

ミタラシダンゴは、ミズホの茶店の定番商品です。

あの甘じょっぱい餡(あん)が、たまらなく美味しいのですよ。

お館様のお供でミズホに出かけた時は、必ずお土産で買って帰りますしね。

ハルカ様も、エルヴィン様も、みんな、ミタラシダンゴは大好物ですから。

「あのぅ……バウマイスター伯爵様。このアキツシマ島では、醤油（しょうゆ）は大変に貴重な品でして……安いダンゴには使えないんですよ」

「安心するんだ！　俺に任せれば、万事解決するから！」

「……ドミニク姉さん。お館様は、反乱の鎮圧は終わったのでしょうか？」

「私たちはメイドなのでわかりません」

確かに、ドミニク姉さんの言うとおりですね。

こんなところで道草しているので、大丈夫なんだと思うことにしましょう。


そして次の日。

私たちは、衝撃の光景を目の当たりにしました。

「ドミニクさん！　昨日おじさんがクサダンゴを売っていた場所に建物があります！」

いったいいつの間に……。

しかもミズホで見たことがある、山の上にあるダンゴ屋さんのような建物でした。

いくらなんでも一日で建てられるわけがないので、これはもしかして……。

「バウマイスター伯爵はん。毎度おおきに」

「レンブラント男爵様？」

「バウマイスター伯爵はんの頼みなので特別ですよ。ほんなら」

お館様の『瞬間移動』で次の仕事場へと向かうレンブラント男爵様。

まさか、オオツタイシャの敷地内にミズホの建物を移築してしまうとは……。

確かに、オオツタイシャの風景とよく合っているんですよね。

文化的に似ているからでしょうが。

そして、再びお館様が『瞬間移動』で戻ってきたと思ったら……。

「アキラさんですね」

彼を連れてきたということは、お館様はおじさんのダンゴ屋を本格的な茶店に昇格させるつもりのようです。

「ドミニク、アンナ、レーア。明日からはこっちで接客を頼むね」

私たちはお館様に雇われている身、その命令は絶対です。

オオツタイシャのお手伝いの方は、すでにリョウコ様と神官のお爺さんが手配したそうです。

参拝客が予想以上に多いので、急ぎ手配したのでしょう。

「この草団子ですね。甘さのバランスが絶妙で、使っているヨモギも新鮮でいい香りですね。人気が出るわけです」

お館様に連れてこられたアキラさんですが、クサダンゴを美味しそうに試食していました。

プロが食べても、おじさんのクサダンゴは美味しいようですね。

「とはいえ、メニューはもっと欲しいですね。やはり団子が抜群に美味しいので、団子の種類を増やしましょう」

「みたらし団子は欲しいよね」

お館様。

南で反抗する『ソウ』とかいう領主の件はもういいのでしょうか？

大丈夫だからこそ、オオツタイシャの敷地内にミズホ流の茶店を出そうとしている。

そう思うことにしましょう。

肝心のオーナーであるおじさんがまだ完全に状況を理解していないようですけど、そのうちお館様のやり方に慣れると思います。

「アキツシマ島には小豆がないから、これはミズホから輸入かな？」

「やっぱり、餡を炊いた方がいいですよね」

「餡団子に、草団子にも餡をのせたバージョンも出せる。お汁粉、あんみつ、おはぎ、あんころ餅、饅頭(まんじゅう)とメニューを増やせるな」

「ここは暑いですから、トコロテンも出しましょう」

「いいな、それ」

「あのぅ……」

「店主よ、商売の極意を教えよう。というか、店主はすでに半分実行しているけどな」

「そうなんですか？」

ダンゴ屋のおじさんがですか？

確かに、家族総出で作っているというクサダンゴはよく売れていますけど。

最近は作っても作っても、夕方までに売り切れてしまうそうで。

ミズホのクサダンゴと違ってアンコを使っていないのですが、絶妙なさっぱりとした甘さとヨモギの香りが最高なのですよ。

お茶にもよく合いますしね。

「大津大社の再開と同時に、店主はここで草団子を売り始めた。機を見るに敏なのは、商売で勝利するために必要なことだ。だが、ここでもう一歩踏み出さねば！」

「もう一歩ですか？」

「ここの土地を借りて茶店を作ってしまうのだ。これまでどおり草団子も売りつつ、アキラの指導を受けてもっとメニューを増やし、店内でも食べられるようにする。場所を借りて一番に店を出してしまうのだ」

なるほど、最初にオオツタイシャの敷地内に茶店を出してしまえば、クサダンゴを名物にしつつ、参拝が終わった人たち相手に商売もできる。

これは美味しいかもしれませんね。

「最初にやってしまうんだ」

「確かに、大津大社の再開を知らない大津の者たちはいません。ここを出た付近の建物や土地の購入や賃貸を目論む者たちも出始めたと。三好大社の門前町が寂れ始めたという話も聞きました」

「だからだよ。今のうちにこの敷地を借りて店を出してしまえば。これから出来上がる門前町は競争が激しくなるはずだ。その点、ここはほぼ永遠に美味しい立地だ。今のうちなら土地の賃料も安いぞ」

お館様っていつも思うんですけど、そういう商売の知識ってどこで得るのでしょうか？

確かに、参拝客が多い教会の近くの土地や店舗って賃料が高いんですよね。

やはり、お客さんが入りやすいからでしょうか。

「みんなも手伝ってくれるから、頑張って茶店を盛り上げよう！」

明日から私たちも茶店を手伝うことになりましたが、お札を売るのと、ダンゴを売るのと。

そんなに違いはないような気がします。

「いや、むしろ……」

「むしろなんですか？」

「余ったおダンゴを食べ放題ですよ！」

最高じゃないですか。

お札やお守りは食べられませんから。

「レーア、また太りますよ」

「あがっ！」

ドミニク姉さんに拳骨は落とされませんでしたが、その言葉は拳骨以上に厳しいですよ。

＊　＊　＊

「いらっしゃいませ」

「あんみつ二つね」

「少々お待ちくださいね」

「俺は、草団子とみたらし団子を三本ずつね」

「お茶のおかわりください」

「は――――い、ただ今」


さらに翌日。

お館様がコネと魔法でオオツタイシャ内に移築した茶店は、初日から大繁盛していました。

アキラさんの指導で習得したダンゴ屋のおじさんの新メニューが、どんどん売れていきます。

おじさんの家族も、ダンゴの製造と調理で大忙しのようです。

クサダンゴだけしか売っていなかった時はお持ち帰りのみでしたが、店内で飲食できるようになったら、ますますお客さんが増えましたね。

参拝のあとに食事や茶とお菓子を楽しむのは、ヘルムート王国でも、アキツシマ島でも同じなのでしょう。

「ドミニクさん、レーアさん、いいのでしょうか？」

「なにがですか？　アンナさん」

「私たち、リョウコ様から頂いた巫女服で接客していますけど……」

「まあ、いいんじゃないですか」

ここはオオツタイシャの敷地内ですし、なによりこの格好の方がお客さんにウケるって言っていたのはお館様ですしね。

確かに、魔王様、フジコ様、ルルちゃんもお運びをしていますけど、ご老人とかにウケがいいですよ。

「さすがに、昨日の今日で茶店の制服は用意できませんので。じきに新しい制服と新しい人がこの

茶店で働くようになるそうですし、リョウコ様はエリーゼ様と治療でお忙しいので、もう何日かしないとここに来ないはずです。問題ないですよ」

「そうですよ」

巫女服で給仕しているところをリョウコ様に見られるとまずいですが、その危険はないですし、神官のお爺さんたちは人生の酸いも甘いも経験したベテランです。

オオツタイシャの繁盛に協力している私たちになにも言わないはずです。

お館様もいますしね。

「お汁粉三つください」

「は――――い。アンナさん、お仕事ですよ」

アンナさん。

そんな細かいことを気にしていたら、バウマイスター伯爵家のメイドは務まりませんよ。


それから三日間。

私たちは茶店を手伝い、それでお役御免となりました。

オオツタイシャにも若い神官さんや巫女さんが増え、敷地内のダンゴ屋のおじさんがオーナーになった茶店も新しい店員さんが増えて大繁盛していますし、お手伝いのアルバイト代としてお館様から結構な額も貰えましたし、よかったのではないでしょうか。

「この巫女服。エルヴィン様との新婚生活で使えるでしょうか？　……使えますね！　ラッキー」

アキツシマ島のとても役に立つ巫女服も貰いましたし、これにて一件落着ということで……。

「そうですか？　慣れないお手伝いにより、大量に購入したクサダンゴや、茶店の賄(まかな)い、試作品の試食等……再びレーアの横腹がプニプニと……」

「そっ、そんなことはありませんよ」

私だって、前の反省を生かしてちゃんと甘い物は食べすぎないようにしていますから。

「では、この摘(つ)まめるお肉は？」

「お使いに行ってきます！　走って行きます！」

私も成人したらエルヴィン様と結婚するので、早めにこの脇腹のお肉を落とさねば！

このようにバウマイスター伯爵家のメイドには、多くの誘惑が存在するのです。

もしバウマイスター伯爵家で働く時は気をつけてくださいね。

八男って、それはないでしょう!

八男って、それはないでしょう！ 21

2020年11月25日　初版第一刷発行

著者　Y.A
発行者　青柳昌行
発行　株式会社KADOKAWA
〒102-8177　東京都千代田区富士見2-13-3
0570-002-301（ナビダイヤル）
印刷・製本　株式会社廣済堂
ISBN 978-4-04-680010-7 C0093

企画　株式会社フロンティアワークス
担当編集　小寺盛巳／下澤鮎美／福島瑠衣子（株式会社フロンティアワークス）
ブックデザイン　ウエダデザイン室
デザインフォーマット　ragtime
イラスト　藤ちょこ

本シリーズは「小説家になろう」（https://syosetu.com/）初出の作品を加筆の上書籍化したものです。

ファンレター、作品のご感想をお待ちしています

宛先　〒102-0071　東京都千代田区富士見2-13-12
株式会社 KADOKAWA　MFブックス編集部気付
「Y.A 先生」係「藤ちょこ先生」係

二次元コードまたはURLをご利用の上
右記のパスワードを入力してアンケートにご協力ください。

https://kdq.jp/mfb
パスワード
a4w5k

● PC・スマートフォンにも対応しております（一部対応していない機種もございます）。
●お答えいただいた方全員に、作者が書き下ろした「こぼれ話」をプレゼント!
●サイトにアクセスする際や、登録・メール送信時にかかる通信費はご負担ください。

銭の力で、戦国の世を駆け抜ける。
インチキ
ついにコミカライズ！
未来人介入の痛快戦国記！
過去にタイムスリップした光輝は、
未来技術を駆使して荒ぶる戦国時代を
銭の力で駆け抜ける…！
FWコミックスで検索！
FWコミックスにて
大好評連載中!!
漫画：広石匡司／原作：Y.A／キャラクター原案：lack
編集：株式会社フロンティアワークス
©Y.A 2020
©HIROISHI TADASHI/Frontier Works inc.

魔導具師ダリヤはうつむかない
～今日から自由な職人ライフ～
甘岸久弥
1
2
3
4
5
人工魔剣！
便利アイテム！
魔物グルメ！
シリーズ
大好評
発売中!!

MFブックス
引きこもり賢者、一念発起のスローライフ
聖竜の力でらくらく魔境開拓！
［著者］みなかみしょう
［イラスト］riritto
436年間、聖竜の眷属として
過酷な魔境で過ごしてきた賢者アルマス。
彼は生活改善のため、
追放された少女領主サンドラと
領地開拓を始めることを決心する。
地形すら変える規格外の力で、
めざせ快適な魔境暮らし！
のんびり、ゆったり、
魔境（いなか）暮らし